D1313508

Roald Dahl :
bien plus que de belles histoires !

Saviez-vous que 10 % des droits d'auteur * de ce livre sont versés aux associations caritatives Roald Dahl ?

Roald Dahl est célèbre pour ses histoires et ses poèmes, mais on sait beaucoup moins qu'à maintes occasions il a mis son métier d'écrivain entre parenthèses pour venir en aide à des enfants gravement malades.

La *Roald Dahl's Marvellous Children's Charity* poursuit ce travail fantastique en soutenant des milliers d'enfants atteints de maladies neurologiques ou de maladies du sang – causes qui furent chères au cœur de Roald Dahl. Elle apporte aussi une aide matérielle primordiale en rémunérant des infirmières spécialisées, en fournissant des équipements et des distractions indispensables aux enfants à travers tout le Royaume-Uni. L'action de la RDMCC a également une portée internationale car elle participe à des recherches pionnières.

Vous souhaitez faire quelque chose pour les aider ? Rendez-vous sur
www.roalddahlcharity.org

Le *Roald Dahl Museum and Story Centre* est situé aux abords de Londres, dans le village de Great Missenden (Buckinghamshire) où Roald Dahl vivait et écrivait. Au cœur du musée, dont le but est de susciter l'amour de la lecture et de l'écriture, sont archivés les inestimables lettres et manuscrits de l'auteur. Outre deux galeries pleines de surprises et d'humour consacrées à sa vie de façon dynamique, le musée est doté d'un atelier d'écriture interactif (*Story Centre*) et abrite sa désormais fameuse cabane à écrire. C'est un lieu où parents, enfants, enseignants et élèves peuvent découvrir l'univers passionnant de la création littéraire.

www.roalddahlmuseum.org

Le *Road Dahl's Marvellous Children's Charity*
est une association caritative
enregistrée sous le n° 1137409.
Le *Roald Dahl Museum and Story Centre* (RDMSC)
est une association caritative enregistrée sous le n° 1085853.
Le *Roald Dahl Charitable Trust*, une association caritative
récemment créée, soutient l'action de la RDMCC et du RDMSC.

* Les droits d'auteur versés sont nets de commission.

Titre original : *James and the Giant Peach*

© Roald Dahl Nominee Ltd, 1961, pour le texte
© Quentin Blake, 1995, pour les illustrations
© Éditions Gallimard, 1966, pour la traduction française
© Éditions Gallimard Jeunesse, 2007, pour la présente édition

Roald Dahl

James et la grosse pêche

Illustrations de Quentin Blake

Traduit de l'anglais
par Maxime Orange

GALLIMARD JEUNESSE

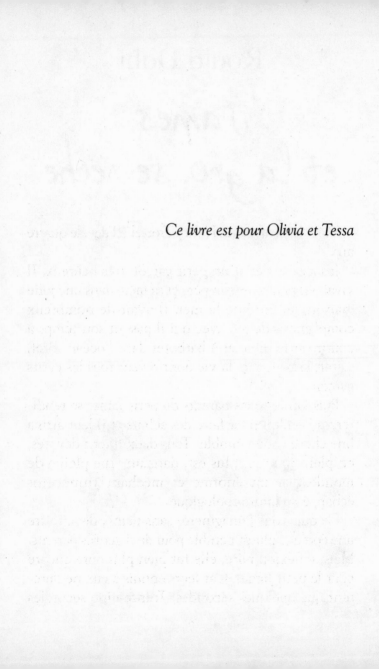

Ce livre est pour Olivia et Tessa

1

Voici le petit James Henry Trotter à l'âge de quatre ans.

Jusque-là, c'était un petit garçon très heureux. Il vivait en paix avec son père et sa mère dans une jolie maison, au bord de la mer. Il avait de nombreux compagnons de jeu avec qui il passait son temps à courir sur le sable et à barboter dans l'océan. Bref, c'était la belle vie, la vie dont rêvent tous les petits garçons.

Puis, un jour, les parents du petit James se rendirent à Londres pour faire des achats et il leur arriva une chose épouvantable. Tous deux furent dévorés, en plein jour qui plus est, dans une rue pleine de monde, par un énorme et méchant rhinocéros échappé du jardin zoologique.

Ce qui, vous l'imaginerez sans peine, devait être une épreuve plutôt pénible pour de si gentils parents. Mais, réflexion faite, elle fut bien plus dure encore pour le petit James. Car leurs ennuis à eux ne durèrent que quelques secondes. Trente-cinq secondes exactement. Tout juste un mauvais moment à passer. Tandis que le pauvre petit James, lui, était bel et bien vivant, solitaire et sans défense dans un monde immense et hostile. La jolie maison au bord de la mer fut vendue aussitôt et le petit garçon expédié chez ses deux tantes avec, pour tout bagage, une petite valise contenant un pyjama et une brosse à dents.

Elles s'appelaient respectivement tante Éponge et tante Piquette, et je suis au regret de vous dire que toutes deux étaient terriblement méchantes. Méchantes et égoïstes et paresseuses et cruelles. Dès

le premier jour, les coups pleuvaient sur le pauvre petit James, le plus souvent sans raison aucune. Elles ne l'appelaient jamais par son nom, se contentaient de le traiter de « petit monstre », de « petite peste » ou encore de « sale gosse », et j'en passe. Naturellement, elles ne lui donnaient jamais de jouets ni de livres d'images pour l'amuser. Sa petite chambre était aussi nue qu'une cellule de prison.

Tout ce petit monde – tante Éponge, tante Piquette et maintenant le petit James – habitait une singulière bicoque au sommet d'une colline pointue, dans

le sud de l'Angleterre. Cette colline était si haute que, de n'importe quel coin du jardin, James pouvait voir des kilomètres et des kilomètres d'un merveilleux paysage de champs et de forêts ; et, quand le temps était clair, il pouvait voir, à condition de regarder du bon côté, un minuscule point gris, très loin, à l'horizon, et ce point gris était la maison où il avait été si heureux avec ses parents bien-aimés. Et tout au fond s'étalait l'océan, bleu-noir, pareil à un long trait d'encre bordant le ciel.

Mais James n'avait pas le droit de descendre du sommet de la colline. Ni tante Piquette ni tante Éponge ne prenaient jamais la peine de l'emmener en promenade et, naturellement, elles lui défendaient de sortir seul.

– Ce petit monstre ne ferait que des bêtises si on lui permettait de quitter le jardin, avait déclaré tante Piquette.

Elles allaient même jusqu'à menacer de l'enfermer dans la cave avec les rats pendant toute une semaine au cas où il tenterait d'escalader la haie.

Le jardin qui occupait tout le sommet de la colline était vaste et désolé. Mis à part un bouquet de lauriers poussiéreux, tout au fond, il ne comportait qu'un seul arbre : un vieux pêcher qui n'avait jamais porté de fruits. Il n'y avait là ni balançoire ni bascule ni sablière, rien que de l'herbe fatiguée. Jamais aucun enfant ne venait jouer avec le pauvre petit James. Pas même de chien ou de chat pour lui tenir compagnie. Et, à mesure que le temps passait, il devenait de plus en plus triste, de plus en plus solitaire. Sa seule distraction était de regarder à longueur d'heures, de ses yeux désenchantés, le beau paysage interdit, composé de forêts, de prairies et de cours d'eau, qui s'étalait à ses pieds comme un tapis magique.

2

Voici James Henry Trotter après avoir passé trois ans chez ses tantes, c'est-à-dire au moment où commence l'histoire à proprement parler.

Car, un matin, il lui arriva quelque chose de plutôt insolite. Et cet événement qui n'était que PLUTÔT insolite allait bientôt donner lieu à un autre qui, lui, était FRANCHEMENT insolite. Et celui-ci, à son tour, allait déclencher un autre événement que je n'hésite pas à qualifier de FANTASTIQUEMENT insolite.

Tout cela devait commencer un jour de chaleur torride, en plein été. Tante Éponge, tante Piquette et le petit James se trouvaient tous dans le jardin. Les tantes, comme à l'accoutumée, faisaient travailler le pauvre petit James. Cette fois-ci, il lui fallait couper du bois pour le fourneau de la cuisine, tandis que tante Éponge et tante Piquette étaient confortablement installées sur leurs chaises longues. Elles buvaient à petites gorgées de la limonade dans de grands verres, sans quitter des yeux le petit James, prêtes à le gronder s'il ne travaillait pas assez vite.

Tante Éponge était petite et ronde, ronde comme un ballon. Elle avait de petits yeux de cochon, une bouche en trou de serrure et une de ces grosses figures blanches et flasques qui ont l'air d'être bouillies. Elle ressemblait à un énorme chou blanc cuit à l'eau. Tante Piquette, au contraire, était longue, maigre et osseuse, elle portait des lunettes à monture d'acier fixées au bout de son nez avec une pince à linge. Sa

voix était stridente et ses lèvres minces et mouillées. Quand elle s'animait ou quand elle était en colère, elle envoyait de petits postillons. Donc, elles étaient là, ces deux horribles sorcières, à siroter leurs boissons, sans oublier une seconde de pousser le pauvre petit James à travailler plus vite, toujours plus vite. Mais, en même temps, elles parlaient aussi d'elles-mêmes, chacune d'elles vantant sa propre beauté. Tante Éponge avait posé sur ses genoux un miroir à long manche qu'elle ne cessait de soulever pour s'extasier devant sa hideuse vieille figure.

Tante Éponge :
« Je suis belle et parfumée
Comme une rose de juin.
Que pensez-vous de la courbure
De mon petit nez mutin ?
De mes bouclettes de satin ?
Et quand j'enlève ma chaussure,
De mes orteils, si fins, si fins ? »
Tante Piquette :
« Et que faites-vous, ma chère,
De ce ventre de lamantin ?
Tandis que moi, rien n'efface
Ma taille fine, ma denture,
Mes gestes lents et pleins de grâce,
L'éclat d'albâtre de mon front !
Et mes regards, comme ils sont beaux !
Ils font oublier, j'en suis sûre,

La verrue qui dépare mon menton. »
Tante Éponge :
« Ma pauvre vieille haridelle,
Vous n'avez que la peau sur les os !
Tandis que moi, c'est certain,
Je n'ai qu'une seule ambition :
Être vedette de cinéma
Voilà ma vraie vocation.
Là, ma beauté, avec ou sans voiles,
Fera pâlir toutes les étoiles ! »
Tante Piquette :
« Vous ferez, chère sœur, c'est certain,
Un admirable Frankenstein. »

Le pauvre James, lui, peinait toujours sous la chaleur qui était devenue intolérable. Il transpirait très
fort et il avait mal au bras. La hache qu'il maniait
était beaucoup trop grande et trop lourde pour le
petit garçon qu'il était. Et, tout en travaillant, James
se mit à penser aux autres enfants de son âge. Que
faisaient-ils en ce moment ? Les uns montaient à tri-
cycle dans leur jardin. Les autres se promenaient
dans la fraîcheur des bois en cueillant des fleurs sau-
vages. Et tous ses compagnons de jeu qu'il n'avait pas
vus depuis si longtemps étaient certainement sur la
plage. Ils jouaient sur le sable mouillé et barbotaient
dans l'eau…

De grosses larmes se mirent à perler dans les yeux
du petit James pour rouler le long de ses joues. Il

laissa tomber sa hache et s'effondra sur le billot, pleurant son infortune.

– Que se passe-t-il ? grinça tante Piquette en lui jetant un regard par-dessus ses binocles à monture d'acier.

James sanglota encore plus fort.

– Arrête cette comédie, et au travail, petit monstre ! ordonna tante Éponge.

– Tante Éponge, pleura James, et vous, tante Piquette ! s'il vous plaît, ne pourrions-nous pas

prendre le car tous les trois pour aller à la mer ? Ce n'est pas très loin, j'ai si chaud et je me sens si seul…

– Qu'est-ce que tu dis, petit paresseux ! hurla tante Piquette.

– Battez-le ! cria tante Éponge.

– Je n'y manquerai pas ! dit sèchement tante Piquette.

Elle lança à James un regard furibond, et James, lui, la regarda avec de grands yeux apeurés.

– Je te battrai plus tard, en fin de journée, quand j'aurai moins chaud, dit-elle. Et en attendant, que je ne te voie plus, petite vermine dégoûtante, et laisse-moi en paix !

James lui tourna le dos et courut jusqu'au bout du jardin. Là il se cacha derrière les touffes de laurier, se couvrit la figure des deux mains et pleura longtemps, longtemps.

3

C'est alors que lui arriva cette chose PLUTÔT insolite qui allait en entraîner d'autres bien plus insolites
encore.

Car, soudain, James entendit derrière lui un bruis-
sement de feuilles. Il se retourna et aperçut un vieil
homme portant un drôle de costume vert sombre.
C'était un vieillard tout petit, mais il avait une
grosse tête chauve et de grands favoris noirs qui lui
embroussaillaient les joues. Il venait de s'arrêter à
trois mètres du petit James. Appuyé sur son bâton, il
le regarda fixement. Enfin il se mit à parler d'une
voix traînante et fêlée.

– Viens plus près, mon garçon, dit-il, tout en lui
faisant signe d'un doigt. Viens près de moi et je te
ferai voir quelque chose de MERVEILLEUX.

James était beaucoup trop effrayé pour faire un
geste.

Le vieillard fit un pas vers lui, glissa une main dans
la poche de sa veste et en sortit un petit sac de papier
blanc.

– Tiens, dit-il à voix basse, en remuant doucement le petit sac. Sais-tu ce que c'est ? Sais-tu ce
qu'il y a dans ce petit sac ?

Il s'approcha plus encore, penché en avant, si près
que James put sentir son haleine sur ses joues. L'haleine sentait le moisi, le renfermé et la rouille. Une
odeur de vieille cave, en somme.

– Regarde, mon petit, dit-il en ouvrant le sac.

À l'intérieur, James vit une masse de minuscules
objets verts, on aurait dit de petites pierres ou des
cristaux, pas plus grands que des grains de riz. Ils

étaient d'une beauté extraordinaire, d'une étrange luminosité. De vraies petites merveilles.

– Écoute ! dit tout bas le vieillard. Les entends-tu bouger ?

James y colla l'oreille et entendit un petit bruit. Les mille petites choses vertes doucement grouillaient, comme autant de bestioles bien vivantes.

– Dans ces petites choses, il y a tout le pouvoir magique du monde, dit doucement le vieil homme.

– Mais… mais… qu'est-ce que c'est que ces choses ? murmura James qui, jusque-là, n'avait pas pu sortir un mot. Et d'où viennent-elles ?

– Ah ! dit le vieil homme à voix basse. Tu ne le devinerais jamais !

Il s'accroupit en approchant son visage et James sentit sur son front le bout de son gros nez. Mais soudain le vieillard fit un bond en arrière en brandissant son bâton.

– Des langues de crocodile ! cria-t-il. Il y en a mille ! Des langues de crocodile bouillies pendant vingt jours et vingt nuits dans le crâne d'une sorcière défunte, mélangées aux pupilles d'un lézard ! Sans oublier les doigts d'un jeune singe, un gésier de cochon, un bec de perroquet vert, du jus de porc-épic et trois cuillerées de sucre en poudre. Laisser cuire le tout pendant huit autres jours et la lune fera le reste !

Sur ce, il mit le sac de papier blanc entre les mains du petit James et dit :

– Tiens ! Prends-le ! Il est à toi !

4

James Henry Trotter prit le sac sans quitter des yeux le vieil homme.

– Et maintenant, dit le vieillard, voici ce que tu vas faire. Tu prendras une cruche pleine d'eau et tu y feras tremper toutes les petites choses vertes. Puis, tout doucement, tu y ajoutes dix cheveux de ta tête, pas plus ! C'est très important. Ça les réveille ! Ça les dégourdit ! Et au bout de dix minutes, tu verras l'eau bouillonner et mousser furieusement. Alors tu avaleras tout, oui, tout le contenu de la cruche, d'un seul trait. Et puis, mon garçon, tu sentiras cette eau clapoter et glouglouter dans ton estomac, la vapeur te sortira par la bouche et, aussitôt après, il t'arrivera des choses merveilleuses, des choses incroyables, des choses fabuleuses – et plus jamais tu ne seras malheureux, plus jamais ! Car tu es malheureux, n'est-ce pas ? Pas besoin de me le dire, je sais tout ! Et maintenant, dépêche-toi, fais ce que je viens de te dire. Et pas un mot à tes vilaines tantes ! Pas un mot ! Et prends bien soin de ces petites choses vertes ! Car si tu les perds, elles exerceront leur pouvoir magique sur quelqu'un d'autre ! Et ce serait bien dommage, mon garçon ! Car le premier être qu'elles rencontrent, fût-ce une punaise, une mouche, un chat ou un arbre, sera le seul à bénéficier de ce pouvoir ! Donc, je te le répète, prends bien soin de ce petit sac ! Ne déchire pas le papier ! Et maintenant, vas-y vite ! C'est le moment, vas-y !

Puis, sans attendre la réponse, le vieil homme lui tourna le dos et disparut dans la broussaille.

5

James ne perdit pas de temps. Il se mit à courir vers la maison. Tout ce que le vieillard lui avait recommandé de faire, il l'entreprendrait dans la cuisine – à condition de pouvoir s'y réfugier sans être vu des deux tantes. Tout ému, il courut, en sautant par-dessus les touffes d'herbe, en frôlant les orties sans craindre les brûlures. De loin, il vit les tantes assises sur leurs chaises longues, de dos. Soucieux de les éviter, il s'apprêta à contourner la maison, mais soudain, au moment même où il passait sous le vieux pêcher qui se dressait au milieu du jardin, il glissa et tomba sur le gazon. En touchant le sol, le sac de papier s'ouvrit tout d'un coup et les mille petites particules vertes se dispersèrent dans tous les sens.

James se mit aussitôt à quatre pattes, dans l'espoir de récupérer ses précieux trésors. Mais, à sa grande stupéfaction, ils étaient tous en train de s'enfoncer dans la terre ! Il pouvait même les voir s'agiter et se tortiller pour mieux se frayer un chemin tout au fond de cette terre rocailleuse et avant même qu'il étendît la main pour en sauver quelques-uns – trop tard ! Ils lui filèrent entre les doigts pour disparaître sous les souches. Il tenta d'en attraper d'autres, mais c'était toujours la même chose ! Il se mit à gratter le sol avec frénésie pour empêcher les retardataires de suivre les autres, mais ils couraient beaucoup trop vite. Chaque fois qu'il allait les toucher du bout des doigts, ils lui échappaient pour disparaître dans des

profondeurs inconnues. Et, au bout de quelques secondes, il n'en restait plus un seul !

James dut faire un effort pour ne pas pleurer. Il ne les retrouverait plus. Elles étaient perdues, les petites choses. Perdues à jamais.

Mais où étaient-elles passées ? Et pourquoi avaient-elles été si pressées de s'engouffrer sous la terre ? Pourquoi ? Il n'y avait rien sous cette terre. Rien que la souche du vieux pêcher… et puis une quantité de vers de terre, de mille-pattes et d'autres insectes souterrains.

Mais le vieillard n'avait-il pas dit quelque chose comme : « Le premier être qu'ils rencontrent, mouche ou punaise, chat ou arbre, sera le seul à bénéficier de leur pouvoir magique ! »

« Bonté divine, pensa James. Que se passera-t-il s'ils tombent sur un ver de terre ? Ou sur un mille-pattes ? Ou sur une araignée ? Ou s'ils se fourvoient dans la souche de cet arbre ? »

– Vas-tu te lever, petit monstre paresseux ? hurla soudain une voix à l'oreille du petit James.

Il leva la tête et vit tante Piquette, longue, sèche et osseuse, qui le regardait durement à travers ses lorgnons à monture d'acier.

– Au travail ! À tes bûches ! ordonna-t-elle.

Grasse et onctueuse comme une méduse, tante Éponge accourut en se dandinant pour voir ce qui se passait.

– Et si nous le mettions dans un seau pour le laisser

au fond du puits jusqu'au matin ? suggéra-t-elle. Ça lui apprendra à faire le lézard !

– Très bonne idée, ma chère Éponge. Mais qu'il finisse d'abord de couper du bois. Lève-toi, sale gosse ! Et au travail ! Vite !

Lentement, tristement, le pauvre petit James se leva et retourna à sa pile de bois. Oh ! si seulement il n'avait pas glissé ! S'il n'avait pas laissé tomber son précieux petit sac ! Tout espoir d'une vie plus heureuse était perdu maintenant. Désormais, tous les jours se ressembleraient. Ils ne lui apporteraient que punitions et privations, malheurs et désespoir.

Il ramassa sa hache pour se remettre au travail lorsque, soudain, il entendit des hurlements.

Il reposa l'outil et tourna la tête.

– Éponge ! Éponge ! Venez vite et regardez-moi ça !

– Que je regarde quoi ?

– Une pêche ! cria tante Piquette.

– Une quoi ?

– Une pêche ! Là, sur la plus haute branche ! La voyez-vous ?

– Vous délirez, ma chère Piquette. Ce misérable arbre ne porte jamais de fruits.

– Eh bien, il en porte maintenant, Éponge ! Voyez vous-même !

– Vous vous moquez de moi, Piquette. Vous voulez me mettre l'eau à la bouche, faute de mieux. Cet arbre qui n'a jamais fleuri, pourquoi porterait-il maintenant une pêche, une seule ? Et sur la plus haute branche, comme vous dites ? Je ne vois rien, moi. Très drôle… Ha ha !… Mais… mon Dieu… Est-ce que je rêve ? Je vais m'évanouir ! Mais… vous avez raison ! C'est une pêche ! Une vraie pêche !

– Une belle grosse pêche ! renchérit tante Piquette.

– Quelle beauté ! Quelle beauté ! s'extasia tante Éponge.

À cet instant, James posa doucement sa hache et jeta un regard du côté de l'arbre où se tenaient les deux tantes.

« Quelque chose va arriver, se dit-il. Quelque chose de tout à fait particulier peut se produire d'un instant à l'autre. »

Bien sûr, il n'avait pas d'idée précise, mais il sentait, il sentait dans tout son corps que cette chose si incroyable ne se ferait plus attendre longtemps. Il le sentait dans l'air qui soufflait autour de lui… Dans le silence qui, tout à coup, avait envahi le jardin…

James se dirigea vers l'arbre sur la pointe des pieds. À présent, les tantes ne disaient rien, se contentant de regarder fixement la pêche. Tout était calme et immobile : pas une brise, pas un craquement de branche. Rien que le soleil, impassible au milieu du ciel bleu.

– Elle m'a l'air bien mûre, dit enfin tante Piquette, rompant le silence.

– Si on la mangeait ? suggéra tante Éponge en se léchant les babines. Nous allons la couper en deux. Hé, toi, James ! Amène-toi et grimpe sur cet arbre !

James accourut.

– Tu vas cueillir cette pêche, là, sur la plus haute branche, dit tante Éponge. La vois-tu ?

– Oui, ma tante, je la vois !

– Et gare à toi si tu en manges ! C'est nous, ta tante Piquette et moi, qui la mangerons. Et maintenant vas-y ! Grimpe !

James passa de l'autre côté de l'arbre.

– Arrête ! fit soudain tante Piquette. Ne bouge plus !

Bouche bée, les yeux exorbités, elle regardait fixement les branches comme si elle y avait vu un fantôme.

– Regardez ! dit-elle. Regardez, Éponge, regardez !

– Qu'avez-vous, ma sœur ? demanda tante Éponge.

– Elle POUSSE ! cria tante Piquette. Elle devient de plus en plus grosse !

– Qui ça ?

– La pêche, voyons !

– Vous plaisantez !

– Pas du tout, voyez vous-même !

– Ma chère Piquette, c'est parfaitement ridicule. C'est impossible. C'est… c'est… c'est… attendez une seconde… non… non… ce n'est pas vrai… non… mais si… grands dieux ! Mais elle pousse ! Elle pousse vraiment !

– Elle est déjà deux fois plus grosse qu'avant ! cria tante Piquette.

– C'est incroyable !

– Mais c'est la vérité !

– C'est un miracle !

– Ne la quittez pas des yeux !

– Je ne la quitte pas des yeux, soyez tranquille.

– Ciel ! hurla tante Piquette. Elle ne cesse de grossir ! Elle gonfle à vue d'œil !

7

Les deux femmes et le petit garçon se tenaient immobiles à l'ombre du vieux pêcher sans quitter des yeux ce fruit extraordinaire. Le petit visage de James était tout rouge, ses yeux agrandis brillaient comme des étoiles devant cette pêche qui grossissait, qui grossissait comme un ballon qui gonfle quand on souffle dedans.

Au bout d'une demi-minute, elle avait la grosseur d'un melon.

Encore quelques secondes et la voilà encore deux fois plus grosse.

— Comme elle pousse vite ! cria tante Piquette.

— Va-t-elle seulement s'arrêter ? cria tante Éponge en agitant ses gros bras.

Elle se mit à danser en rond.

À présent, au sommet de l'arbre, la pêche ressemblait à un énorme potiron.

— Ne reste pas si près de l'arbre, petit crétin ! hurla tante Piquette. La pêche peut tomber à la moindre secousse. Elle pèse au moins dix ou quinze kilos !

La branche où pendait la pêche commençait à plier sous son poids.

– Reculez ! hurla tante Éponge. Elle va tomber ! La branche ne tiendra pas le coup !

Mais la branche tenait bon, se contentant de plier un peu plus à mesure que le poids de la pêche augmentait.

Et elle grossit encore.

Une vraie pêche-mammouth. Aussi grosse, aussi ronde et aussi lourde que tante Éponge elle-même.

– Il faut qu'elle s'arrête ! cria tante Piquette. Ça ne peut plus durer !

Mais la pêche ne s'arrêta pas.

Bientôt elle fut de la taille d'une petite voiture. Elle allait toucher le sol.

Maintenant les deux tantes tournaient autour de l'arbre en bondissant comme des folles. Elles battaient des mains et poussaient des cris d'Indiens.

– Alléluia ! cria tante Piquette. En voilà une pêche ! En voilà une pêche !

– Formidable ! hurla tante Éponge. Magnifico ! Splendido ! Et quelle nouba !

– Elle pousse toujours !

– Je sais, je sais !

Quant à James, il était si magnétisé par ce phénomène qu'il en resta immobile, les yeux écarquillés, tout en murmurant, comme pour lui-même :

– Oh ! comme c'est beau ! Je n'ai jamais rien vu de pareil.

– Tais-toi, sale gosse ! grinça tante Piquette qui l'avait entendu. Ça ne te regarde pas !

– C'est juste, déclara tante Éponge. Ça ne te regarde en aucune manière ! Ne t'occupe pas de ça !

– Regardez ! cria tante Piquette. Elle pousse plus vite que jamais ! Elle accélère !

– Je le vois, Piquette ! Je le vois bien !

Et la pêche grossit, grossit, grossit.

Enfin, lorsqu'elle fut à peu près aussi grande que l'arbre qui la portait, aussi grande qu'une petite maison, sa partie inférieure toucha le sol en silence et ne bougea plus.

– Elle ne peut plus tomber maintenant ! cria tante Éponge.

– Elle ne pousse plus, c'est fini ! constata tante Piquette.

– Mais non, ce n'est pas fini !

– Si, c'est fini !

– Elle a ralenti, Piquette, c'est tout. Mais ce n'est pas fini !

Il y eut un silence.

– Oui, c'est ça, vous avez raison.

– Peut-on la toucher, qu'en pensez-vous ?

– Je ne sais pas. La prudence s'impose.

Tante Éponge et tante Piquette firent lentement le tour de la pêche afin de l'examiner minutieusement. On aurait dit deux chasseurs qui viennent d'abattre un éléphant, mais qui ne sont pas sûrs s'il est mort ou encore vivant. Et l'énorme fruit les dominait de sa rondeur dorée, si bien qu'elles ressemblaient à des Lilliputiennes venues d'un monde lointain.

La peau de la pêche était très belle. D'un superbe jaune doré avec des taches rouges et roses. Tante Éponge fit un pas prudent en avant et la toucha du bout du doigt.

– Elle est mûre ! cria-t-elle. Elle est à point ! Voyons, Piquette ! Si nous allions chercher une pelle pour en couper un bon morceau ?

– Non, dit tante Piquette. Pas encore.

– Pourquoi pas ?

– Parce que.

– Mais j'ai envie d'en manger ! cria tante Éponge.

Sa bouche était pleine d'eau et un long filet de salive lui coulait du menton.

– Ma chère Éponge, dit tante Piquette d'une voix mesurée, accompagnée d'un petit sourire malicieux, n'oubliez pas que cette pêche représente une très grosse somme d'argent. Il suffit de savoir en profiter. Vous verrez bien.

8

La nouvelle de l'apparition de cette pêche aussi grande qu'une maison s'était répandue dans les environs comme un incendie de forêt. Le lendemain, les gens montèrent par milliers au sommet de la colline pour contempler cette merveille.

Tante Éponge et tante Piquette appelèrent aussitôt les charpentiers et firent élever une solide cloison autour de la pêche afin de la protéger de la foule ; et en même temps, les deux astucieuses mégères se plantèrent à l'entrée du jardin, munies chacune d'une pile de tickets.

– Entrez ! Entrez donc ! glapit tante Piquette. Un shilling, ce n'est pas cher pour voir la pêche géante !

– Demi-tarif pour les enfants de moins de six semaines ! hurla tante Éponge pour ne pas être en reste.

– Chacun son tour, s'il vous plaît ! Ne poussez pas ! Vous avez tout votre temps !

– Hé, vous, là-bas ! Revenez ! Vous n'avez pas payé !

À l'heure du déjeuner, le jardin fourmillait d'hommes, de femmes et d'enfants venus voir de près le fruit miraculeux. Des hélicoptères se posèrent à même la colline comme des guêpes pour cracher des paquets de journalistes, de photographes et d'opérateurs de cinéma.

— Pour prendre des photos, c'est deux shillings ! cria tante Piquette.

— D'accord ! D'accord ! répondirent les photographes. Qu'à cela ne tienne !

Et de nouvelles pièces de monnaie vinrent remplir les poches des deux sœurs cupides. Mais tandis que dehors la foire battait son plein, le pauvre James était enfermé à clef dans sa chambre et ce n'est que par les barreaux de sa fenêtre qu'il pouvait voir la foule qui se pressait dans le jardin.

— Ce sale gosse serait capable de tout gâcher si nous lui permettions de sortir, avait dit tante Piquette le matin.

— Oh ! s'il vous plaît ! avait supplié James. Ça fait des années et des années que je n'ai vu d'autres enfants. Et il y en aura des tas, je pourrais jouer enfin ! Et je pourrais peut-être vous aider à distribuer vos tickets.

— Pas question ! avait répondu sèchement tante Éponge. Ta tante Piquette et moi avons l'intention de devenir millionnaires. Des comme toi ne peuvent que gâcher nos affaires.

Ce n'est qu'à la fin du premier jour, à l'heure où les

visiteurs avaient tous quitté le jardin pour rentrer chez eux, que les tantes firent sortir le petit James de sa prison en lui donnant l'ordre de ramasser les peaux de bananes et d'oranges ainsi que les papiers fripés que la foule avait laissés sur le gazon.

– Ne pourrais-je pas manger quelque chose avant ? demanda-t-il. Je n'ai rien pris depuis hier soir !

– Non ! déclarèrent les tantes en le poussant par la porte. Nous sommes trop occupées pour faire la cuisine. Nous allons compter nos sous !

– Mais il fait noir ! se lamenta James.

– Sors ! hurlèrent les tantes. Et ne rentre pas avant d'avoir tout nettoyé !

La porte claqua. La clef tourna dans la serrure.

9

Seul dans le noir, mourant de faim, tremblant de peur, James ne savait que faire. La nuit, autour de lui, était profonde et la lune, blanche et affolée, galopait dans le ciel. À part cela, tout était calme, rien ne bougeait.

Rester seul dehors, sous la lune, cela a quelque chose d'effrayant, surtout pour un enfant. Le silence règne partout, un silence de mort, les ombres sont si longues et si noires, elles prennent des formes étranges qui ont l'air de remuer quand on les regarde. Le moindre craquement de brindille vous fait sursauter.

C'est cela, exactement, qu'éprouvait le petit James. Les yeux dilatés par la peur, il regardait droit devant lui, osant à peine respirer. À quelques pas de lui, au milieu du jardin, il pouvait voir se dresser majestueusement la pêche géante. N'avait-elle pas grossi encore depuis la veille ? Quel spectacle ! Le clair de lune l'éclaboussait de cristal, de métal, de paillettes. Elle ressemblait à un énorme ballon d'argent oublié dans l'herbe, muet, mystérieux et resplendissant.

Et puis soudain, James se mit à frissonner de la tête aux pieds.

« Quelque chose va m'arriver, se dit-il. Quelque chose de plus étrange que jamais. » Oui. Il en était sûr. Il sentait venir cette chose.

Oui, mais quelle chose ? Le jardin somnolait, inondé de clarté lunaire. L'herbe était toute mouillée, des millions de gouttes de rosée étincelaient à ses pieds comme autant de diamants. Et soudain, tout le coin, tout le jardin parut animé de magie.

Sachant à peine ce qu'il faisait, attiré par une sorte d'aimant invisible et impérieux, James Henry Trotter se mit à marcher à pas lents vers la pêche géante. Il enjamba la cloison et leva les yeux sur ses flancs gigantesques et bombés. Puis il étendit la main et la toucha avec précaution, du bout du doigt. La peau de la pêche était douce et chaude comme une précieuse fourrure, ou plutôt comme la peau d'un bébé souris. Il s'approcha plus près pour frotter sa joue contre cette peau veloutée. Et soudain il s'aperçut que, non loin de lui, près du sol, la pêche avait un trou.

10

C'était un trou assez important. Il pouvait être l'œuvre d'un animal de la taille d'un renard.

James se mit à genoux devant le trou. Il y introduisit d'abord la tête et les épaules.

Il y entra tout entier, en rampant.

Et il continua à ramper.

– C'est beaucoup plus qu'un trou, pensa-t-il, tout ému. C'est un véritable tunnel !

Le tunnel était humide et sombre. Il y régnait une curieuse odeur douce-amère de fruit frais. Sous ses genoux, le sol était détrempé, les parois visqueuses et suintantes, du jus de pêche coulait du plafond. James ouvrit toute grande la bouche et tira la langue. Ce jus était délicieux.

À présent, il dut escalader une pente, comme si le tunnel conduisait au cœur même du fruit gigantesque. Toutes les deux secondes, James s'arrêtait pour manger un morceau de la paroi. La pêche était sucrée, juteuse et merveilleusement rafraîchissante.

Il fit encore plusieurs mètres en rampant lorsque

soudain – bang ! – sa tête heurta quelque chose d'extrêmement dur qui lui barrait le chemin. Il leva les yeux sur une paroi solide qui, à première vue, semblait être de bois. Il avança une main. Au toucher, cela ressemblait bien à du bois, mais à du bois tout sinueux, tout craquelé.

– Juste ciel ! s'écria-t-il. Je sais ce que c'est ! Je viens de me cogner au noyau de la pêche !

Puis il aperçut une petite porte découpée à même le noyau. Il la poussa, toujours à quatre pattes. Et, avant même d'avoir eu le temps de lever les yeux pour voir où il était, il entendit une voix : « Voyez qui arrive ! » puis une autre : « Il y a déjà un bon moment que nous t'attendons ! »

James s'arrêta, le visage blême de terreur.

Il tenta de se relever, mais ses genoux tremblaient si fort qu'il dut aussitôt s'asseoir sur le sol. D'un bref regard en arrière, il chercha le tunnel pour s'y réfugier, mais la porte avait disparu. Seul le grand mur brun se dressait derrière lui.

11

De ses grands yeux pleins de frayeur, James fit lentement le tour de la chambre.

Et cette chambre était pleine de monde. Et ces gens, ces... ces personnages dont quelques-uns trônaient sur des chaises, d'autres étaient allongés sur un sofa, ces personnages le regardaient de tous leurs yeux.

Des personnages ?

Ou des insectes ?

Un insecte, voyons, c'est généralement quelque chose de plutôt petit, n'est-ce pas ? Un grillon, par exemple, c'est bien un insecte.

Mais que dire d'un grillon des champs aussi grand qu'un chien ? Aussi grand qu'un gros chien. Peut-on appeler cela un insecte ?

Insecte ou non, un vieux grillon des champs était assis dans un fauteuil, juste en face du petit James.

Et à côté du vieux grillon des champs il y avait une énorme araignée.

Et à côté de l'araignée, une coccinelle géante portant neuf taches noires sur sa carapace rouge.

Tous trois installés dans des fauteuils somptueux.

Tandis que sur le sofa étaient vautrés deux autres « personnages » : un mille-pattes et un ver de terre.

Dans un coin, par terre, traînait un gros paquet blanc qui pouvait bien être un ver à soie. Mais ce dernier dormait profondément et personne ne s'occupait de lui.

Chacun de ces « personnages » était au moins aussi grand que le petit James et, sous l'étrange éclairage verdâtre venant d'un coin mal déterminé du plafond, ce petit monde offrait un spectacle absolument sinistre.

– J'ai faim, déclara soudain l'araignée en regardant fixement le petit James.

– Je meurs de faim, dit à son tour le vieux grillon des champs.

– Moi aussi, je meurs de faim ! s'écria la coccinelle.

Le mille-pattes se dressa sur son sofa.

– Tout le monde a faim, constata-t-il. Il faudrait manger !

James vit quatre paires de gros yeux noirs et vitreux braqués sur lui.

Le mille-pattes se tordit comme s'il allait quitter sa place. Mais finalement il resta où il était.

Il y eut un long silence.

L'araignée – une araignée femelle – ouvrit la bouche. Une langue noire et effilée parcourut délicatement ses lèvres.

– Et toi ? N'as-tu pas faim ? demanda-t-elle soudain à James.

Frissonnant, muet d'effroi, le pauvre petit garçon recula vers le mur.

– Qu'est-ce qui t'arrive ? demanda le vieux grillon des champs. Tu n'es pas malade ?

– On dirait qu'il va tomber dans les pommes, constata le mille-pattes.

– Oh ! le pauvre petit ! s'écria la coccinelle. Il pense que c'est lui que nous allons manger !

Et tout le monde éclata de rire.

– Pauvre petit, pauvre petit ! firent-ils tous. Quelle idée monstrueuse !

– N'aie pas peur, dit amicalement la coccinelle. Nous ne te ferons aucun mal. Tu es des nôtres main-

tenant. Tu es de l'équipage. Nous sommes tous embarqués sur le même bateau, en quelque sorte.

– Nous avons passé la journée à t'attendre, dit le vieux grillon des champs. Puis nous avons cru que tu ne te déciderais jamais à venir. Et te voici enfin. Ça me fait bien plaisir.

– Courage, mon garçon, courage ! dit le mille-pattes. Mais en attendant, ne pourrais-tu pas venir me donner un coup de main ? Je mets toujours des heures à retirer mes bottines.

12

Impossible de refuser. Ce n'était vraiment pas le moment. James traversa docilement la pièce et s'agenouilla près du mille-pattes.

– Merci mille fois, dit le mille-pattes. Tu es un bon petit.

– Vous en avez des bottines ! murmura James.

– C'est normal, puisque j'ai des tas de jambes, répondit avec fierté le mille-pattes. Et, par conséquent, des tas de pieds ! J'en ai mille, pour ne rien te cacher.

– Et il remet ça ! s'exclama le ver de terre qui, jusque-là, n'avait rien dit. Il ne cesse de raconter des mensonges ! Mille pattes, vous voulez rire ! Il n'en a que quarante-deux ! Vrai, la plupart des gens ne prennent pas la peine de les compter. Ils le croient sur parole. D'ailleurs, cela n'a rien de prodigieux d'avoir des tas de pattes !

– Pauvre type, dit le mille-pattes à l'oreille de James. Il est aveugle de naissance. Il ne voit pas l'allure que ça me donne.

– À mon avis, poursuivit le ver de terre, ce qui est vraiment prodigieux, c'est de n'avoir pas de pattes du tout et de parvenir à marcher quand même.

– Tu appelles ça marcher ! cria le mille-pattes. Tu ne fais que ramper péniblement ! Tu fais pitié !

– Je glisse. Il y a une nuance ! répondit le ver de terre d'un air collet monté.

– Tu n'es qu'un animal visqueux, rétorqua le mille-pattes.

– Je ne suis pas un animal visqueux, dit le ver de terre. Je suis utile, moi, et aimé de tous. Demande à n'importe quel jardinier. Tandis que toi…

– Je suis un insecte nuisible ! proclama le mille-pattes avec un large sourire.

Il regarda autour de lui pour voir l'effet que faisaient ses mots.

– Il en est si fier, dit en souriant la coccinelle. Je ne comprendrai jamais pourquoi.

– Je suis le seul insecte nuisible ici, dans cette pièce ! cria le mille-pattes sans cesser de ricaner. À moins que le grillon des champs ne se mette de mon côté. Il est vrai qu'il ne compte guère. Il est bien trop vieux pour être nuisible.

Le vieux grillon des champs tourna la tête, foudroyant le mille-pattes de ses énormes yeux noirs.

– Jeune homme, dit-il d'une voix grave et dédaigneuse, sachez que je n'ai jamais été une bête nuisible. Jamais de la vie. Je suis musicien de mon métier.

– BRAVO ! dit la coccinelle.

– James, dit le mille-pattes, tu t'appelles bien James ?

– Oui.

– Eh bien, James, qu'en penses-tu ? As-tu jamais vu un mille-pattes de ma taille ? Un colosse de mille-pattes ?

– Bien sûr que non, répondit James. Comment as-tu fait pour devenir si grand ?

– Très spécial, dit le mille-pattes. Très spécial, vraiment. Permets-moi de te raconter ce qui m'est arrivé. J'étais en train de fouiller l'herbe sous le vieux pêcher quand, tout à coup, une drôle de petite chose verte est passée sous mon nez en se tortillant. Ce qu'elle était belle ! On aurait dit une pierre précieuse...

– Oh ! je sais ce que c'était ! s'écria James.

– Moi, il m'est arrivé la même chose ! dit la coccinelle.

– Moi aussi ! dit l'araignée. Il y avait des petites choses vertes partout ! La terre en était couverte !

– J'en ai même avalé une ! déclara fièrement le ver de terre.

– Moi aussi ! dit la coccinelle.

– J'en ai avalé trois ! hurla le mille-pattes. Mais je suis en train de vous raconter mon histoire et vous m'interrompez tous ! En voilà des manières !

– Il est trop tard pour raconter des histoires. C'est l'heure d'aller au lit, dit le vieux grillon des champs.

– Je ne dormirai pas avec mes bottines ! cria le mille-pattes. Il en reste combien, James ?

– Je t'en ai enlevé vingt, dit James.

– Reste huit cent quatre-vingts, dit le mille-pattes.

– Menteur ! s'écria le ver de terre. Il en reste vingt-deux.

Le mille-pattes éclata de rire.

– Qu'en sais-tu puisque tu n'y vois pas !

– Cesse de lui marcher sur les pieds, dit la coccinelle.

– Lui marcher sur les pieds ? cria le mille-pattes. Quels pieds ?

James s'aperçut alors qu'il avait beaucoup de sympathie pour le mille-pattes. C'était un coquin sans aucun doute, mais quelle joie d'entendre rire quelqu'un ! Tante Éponge et tante Piquette ne riaient jamais.

– Allons dormir maintenant, dit le vieux grillon des champs. Demain sera une journée très dure. Mademoiselle l'araignée, auriez-vous l'obligeance de faire nos lits ?

13

Et, au bout de quelques minutes à peine, l'araignée avait fait le premier lit. C'était à vrai dire un hamac suspendu par des cordes de fils. Mais il était très joli, ce hamac improvisé. Il brillait comme de la soie argentée.

– J'espère qu'il sera assez confortable, dit mademoiselle l'araignée au vieux grillon des champs. J'ai fait de mon mieux, j'ai employé des fils de la Vierge. Des fils d'une qualité supérieure, bien meilleurs que ceux que j'utilise pour mes propres toiles.

– Merci mille fois, mademoiselle, dit le vieux grillon des champs en grimpant dans son hamac. Oh ! oui, c'est exactement ce que je voulais. Bonne nuit, tout le monde.

Puis l'araignée confectionna un autre hamac pour la coccinelle.

Puis un troisième, beaucoup plus long, pour le mille-pattes. Et un quatrième, plus long encore, pour le ver de terre.

– Et toi, cher James, comment le préfères-tu, ton lit ? Le veux-tu dur ou douillet ? demanda enfin l'araignée.

– Douillet, s'il vous plaît. Et merci, répondit James.

– Pour l'amour de Dieu, cesse de regarder en l'air et continue à retirer mes bottines ! dit le mille-pattes. À ce train-là, nous n'allons jamais pouvoir nous coucher ! Et puis, quand tu auras fini, range-les par paire ! Ne te contente pas de les jeter par-dessus ton épaule !

James se pencha avec application sur les bottines du mille-pattes. Elles avaient des lacets avec des nœuds si compliqués qu'il faillit y laisser tous ses ongles. C'était épouvantable. La corvée dura environ deux heures. Et quand James venait enfin de délacer et de retirer la dernière bottine – cela faisait une interminable rangée, vingt et une paires en tout – le mille-pattes dormait à poings fermés.

– Lève-toi, mille-pattes, dit James à voix basse en lui donnant un petit coup dans l'estomac, il est temps de te coucher.

– Merci, mon petit, dit le mille-pattes en clignant de ses yeux bouffis.

Il glissa du sofa, traversa la pièce et grimpa dans son hamac. James occupa le sien, et comme ce hamac était doux, comparé aux planches dures et nues sur lesquelles il avait été condamné à dormir chez ses tantes !

– Éteins la lumière, dit le mille-pattes, d'une voix chargée de sommeil.

Rien ne bougea.

– Éteins, voyons ! répéta-t-il en élevant la voix.

James, tout en regardant autour de lui, se demandait à qui avait bien pu s'adresser le mille-pattes. Tout le monde dormait. Le vieux grillon des champs ronflait très fort par le nez. La coccinelle, elle, émettait des sifflements. Quant au ver de terre, enroulé en spirale à l'extrémité de son hamac, il respirait péniblement, la bouche grande ouverte. Mademoiselle l'araignée, de son côté, s'était tissé une bien jolie toile dans un coin de la pièce. Là, au milieu de ce fin tissu, elle se tenait accroupie en marmonnant tout doucement dans son sommeil.

– Éteins cette lumière, voyons ! cria le mille-pattes d'une voix courroucée.

– C'est à moi que tu parles ? demanda James.

– Mais non, petit sot, répondit le mille-pattes. C'est à cet étourdi de ver luisant qui s'est endormi sans éteindre sa lanterne !

Et, pour la première fois depuis son arrivée dans cette chambre, James leva les yeux au plafond et y vit quelque chose de tout à fait extraordinaire. Une gigantesque mouche sans ailes (elle mesurait près d'un mètre) se tenait sur ses six pattes, au beau milieu du plafond. Le bout de sa queue éclatait littéralement d'une vive lumière verte, plus claire que la plus puissante des ampoules électriques. C'est elle qui éclairait toute la pièce.

– C'est cela, un ver luisant ? demanda James, les

yeux fixés sur le foyer lumineux. Je trouve qu'il n'a vraiment rien d'un ver !

– Bien sûr que c'est un ver luisant, répondit le mille-pattes. C'est du moins ce qu'il prétend. Pourtant, ta remarque est juste. Ce n'est pas un ver comme les autres. Les vers luisants ne sont pas du tout des vers comme les autres. Ce sont à proprement parler des mouches à feu qui n'ont pas d'ailes. Réveille-toi, paresseux !

Mais comme le ver luisant ne bougeait toujours pas, le mille-pattes avança une de ses quarante-deux pattes pour ramasser une de ses quarante-deux bottines.

– Éteins cette saloperie de lumière ! hurla-t-il.

Et il lança la bottine au plafond.

Le ver luisant ouvrit lentement un œil sur le mille-pattes.

– Pas besoin d'être grossier, dit-il d'une voix impassible. Chaque chose en son temps.

– Allons, allons, allons ! s'impatienta le mille-pattes. Tu ne veux tout de même pas que j'éteigne à ta place ?

– Oh ! bonsoir, James ! dit avec un sourire amical le ver luisant. Je ne t'ai pas vu arriver. Sois le bienvenu parmi nous, mon garçon, et bonne nuit !

Puis il y eut un déclic et la lumière s'éteignit. Les yeux grands ouverts dans le noir, James Henry Trotter reposait dans son hamac en écoutant le bruit bizarre que faisaient ses compagnons en dormant.

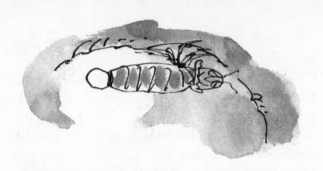

Qu'allait lui apporter le lendemain ? Déjà, il s'était mis tout doucement à aimer ses nouveaux amis. Ils étaient bien moins redoutables qu'ils ne paraissaient. En fait, ils n'étaient pas redoutables du tout. Malgré leurs cris et leurs disputes, c'étaient des créatures charmantes et serviables.

– Bonne nuit, vieux grillon des champs, murmura-t-il, bonne nuit, coccinelle, bonne nuit, mademoiselle l'araignée.

Mais, avant même d'avoir souhaité bonne nuit à chacun d'eux, il s'endormit.

14

– Ça y est, ça y est ! cria une voix. Nous voilà partis !

James venait de se réveiller. Il fit un bond et leva les yeux. Ses compagnons avaient tous quitté leurs hamacs. L'air agité, ils allaient et venaient dans la pièce. Soudain, il y eut une grande secousse, on aurait dit un tremblement de terre.

– Ça y est, nous roulons ! hurla le vieux grillon des champs en bondissant avec frénésie. Tenez bon !

– Que se passe-t-il ? cria James en sautant sur ses pieds.

La coccinelle, une créature extrêmement douce et aimable, vint à sa rencontre.

– Ne le sais-tu pas encore ? dit-elle. Nous allons quitter pour toujours cette sinistre colline où nous avons été prisonniers si longtemps. Nous allons rouler, rouler, loin d'ici. Cette belle grosse pêche va nous emporter vers un pays de… de… un pays de…

– De quoi ? demanda James.

– Qu'importe, dit la coccinelle. Mais rien ne peut

être pire que cette colline désolée et tes répugnantes vieilles tantes…

— Écoutez ! Écoutez ! firent soudain toutes les voix en chœur. Écoutez !

— Tu as dû remarquer, reprit la coccinelle, que le jardin est en pente. En pente raide. Et la seule chose qui empêchait cette énorme boule de dévaler cette pente était la grosse tige qui l'attache à l'arbre. Une fois rompue, elle ne s'y oppose plus et nous voilà partis !

— Attention ! cria l'araignée quand la seconde secousse se fit sentir. Nous démarrons !

— Pas encore ! Pas encore !

— En ce moment, poursuivit la coccinelle, notre mille-pattes, qui a des mandibules aussi coupantes que des lames de rasoir, est en train de scier cette tige. Et il ne doit pas être loin d'avoir fini son travail, cela se sent ! Veux-tu que je te prenne sous mes ailes pour que tu ne tombes pas au moment du départ ?

— Vous êtes vraiment gentille, dit James, mais je crois que je me débrouillerai tout seul pour ne pas tomber.

À cet instant, le large sourire du mille-pattes apparut dans un trou du plafond.

— J'ai fini ! cria-t-il. Nous sommes libres !

— Nous sommes libres ! Nous sommes libres ! firent les autres.

— Le voyage commence ! cria le mille-pattes.

– Et qui sait où il finira, bougonna le ver de terre, si toutefois ça vous intéresse. Quant à moi, je ne prévois que des ennuis.

– Tu dis des bêtises, fit la coccinelle. Nous allons visiter les plus beaux coins de la terre et découvrir des tas de merveilles, n'est-ce pas, mille-pattes ?

– Vous n'avez pas idée de ce que nous allons voir ! s'écria le mille-pattes.

Nous verrons la bête aux quarante-neuf têtes
Nourrie de neiges désolées
Et quand elle attrape un rhume de cerveau
Elle a quarante-neuf nez à moucher.

Nous verrons le croque-mitaine venimeux
Qui d'un homme ne fait qu'une bouchée.
Il en avale cinq pour son déjeuner
Et dix-huit pour son souper.

Nous verrons la licorne violette,
Un dragon et le plus affreux
Des monstres à qui des doigts crochus
Servent de cils et de cheveux.

Nous verrons la poule aux œufs de dynamite,
Si noble, si douce et si belle.
Ses œufs, plongés dans une marmite
Vous font sauter la cervelle.

Sans parler du gnou et du gnocéros,
Sans parler de l'énorme moustique
Dont l'aiguillon vous sort par le chapeau
À chaque fois qu'il vous pique.

Dans mille tremblements de terre nous périrons
De froid, de faim et d'horreur
Nous hurlerons sous les coups de cornes
D'un affreux dilemme en fureur.

Mais qu'importe ! Quittons ce tertre odieux !
Que ça boume, que ça coule, que ça plonge !
Courons, roulons, dégringolons
Loin, loin de Piquette et d'Éponge !

Et au bout d'une seconde… lentement, ô combien lentement, et avec quelle délicatesse !… la grosse pêche s'ébranla. Toute la chambrée s'en trouva sens dessus dessous, les meubles se mirent à glisser vers le mur d'en face. James, la coccinelle et le vieux grillon des champs, l'araignée et le ver de terre, tous furent projetés en avant, tous, même le mille-pattes qui les avait rejoints à la dernière minute.

15

Dans le jardin, pendant ce temps, tante Éponge et tante Piquette venaient d'occuper leurs postes, à l'entrée, chacune munie d'une pile de tickets. Déjà les premiers flots de visiteurs matinaux se dessinaient à l'horizon.

– Aujourd'hui nous ferons fortune, dit tante Piquette. Regardez ce monde !

– Je me demande ce qu'est devenu notre vilain petit gars la nuit dernière, dit tante Éponge. Il n'est pas rentré, n'est-ce pas ?

– Il a dû tomber dans le noir et se casser une jambe, dit tante Piquette.

– Ou peut-être le cou, dit tante Éponge, toute rêveuse.

– Que je lui mette la main dessus, dit tante Piquette en brandissant sa canne. Il ne recommencera plus ! Mais, mon Dieu ! Quel est ce bruit d'enfer ?

Les deux femmes tournèrent la tête.

Ce bruit, vous l'avez deviné, n'était autre que celui de la pêche géante qui venait de rompre la cloison qui l'entourait pour traverser majestueusement le jardin, roulant vers l'endroit même où se tenaient tante Éponge et tante Piquette.

Après quelques secondes de stupeur, celles-ci se mirent à pousser des cris. Puis, prises de panique, elles tentèrent de se sauver. Chacune ne pensait qu'à elle-même. Mais la grosse tante Éponge se prit les pieds dans la boîte qu'elle avait apportée pour y placer les gains de la journée. Elle tomba sur le ventre.

Tante Piquette trébucha à son tour et s'abattit sur sa sœur. Toutes deux se roulèrent par terre en poussant des cris aigus, en luttant éperdument. Et avant qu'elles ne pussent se relever, la pêche, l'énorme pêche fut sur elles.

Il y eut un bruit de broiement.

Et puis ce fut le silence.

La pêche continua son chemin, laissant derrière elle tante Éponge et tante Piquette écrasées sur l'herbe. Écrasées, complètement aplaties et sans vie comme deux poupées de carton découpées dans un livre d'images.

16

La pêche avait quitté le jardin pour toujours. Dégringolant la pente abrupte de la colline, elle roula, elle roula, plus vite, plus vite, de plus en plus vite. Et la foule qui se dirigeait vers le sommet vit soudain le monstre sphérique qui fonçait sur elle. Les gens poussèrent des cris de terreur et se sauvèrent à toutes jambes à l'approche du désastre.

Arrivée au pied de la colline, la pêche traversa la chaussée, renversa un poteau télégraphique et écrabouilla deux automobiles en stationnement.

Puis elle s'élança follement à travers une vingtaine de champs, rompant les barrières, écrasant les haies dans sa course. Elle dispersa un troupeau de belles vaches normandes, terrorisa les moutons, sema la panique dans un haras plein de chevaux, puis dans une cour bondée de cochons. Bientôt toute la campagne résonnait des cris et des piétinements affolés de toutes ces bêtes qui fuyaient à la débandade.

Et la pêche avançait toujours à un rythme infernal, ne songeant pas à ralentir. Elle arriva enfin à un village.

Dans la grand-rue, les gens, ahuris, ne savaient où se mettre pour ne pas se faire écraser. Au bout de la rue, la pêche traversa impitoyablement un énorme bâtiment en laissant deux trous béants dans les murs.

C'était une fameuse fabrique de confiserie. Aussitôt, un torrent de chocolat fondu, tout chaud encore, jaillit par les brèches. Au bout d'une minute, la masse onctueuse et brune avait envahi toutes les rues du village, les maisons, les boutiques et les jardins. Les enfants se promenaient dans des flots de chocolat fondu qui leur arrivaient jusqu'aux genoux, quelques-uns essayèrent même d'y nager, sans oublier d'en avaler d'énormes gorgées. La bouche pleine, la figure barbouillée, ils hurlaient de joie.

Mais la pêche était loin déjà. À la même vitesse infernale, elle sillonnait la campagne, laissant derrière elle d'ineffables ravages. Les troupeaux, les étables, les fermes, les habitations, les écuries, tout ce qu'elle rencontrait sur son chemin, elle le renversa comme un jeu de quilles. Un paisible vieillard qui pêchait le goujon au bord d'un fleuve perdit sa canne à pêche à son passage et une femme nommée Daisy Entwistle y laissa la peau de son nez, tant la pêche la rasa de près.

S'arrêterait-elle jamais ? Pourquoi donc s'arrêterait-elle ? Ce qui est rond est fait pour rouler tant qu'il se trouve sur une pente, c'est normal, pour rou-

ler jusqu'à l'océan, ce même océan que, la veille encore, James avait tant souhaité revoir de près et dont les vilaines tantes lui avaient refusé l'accès. Peut-être le verrait-il maintenant. La pêche en approchait un peu plus à chaque seconde. Oui, la mer était de plus en plus proche, ainsi que les grandes falaises blanches qui la précédaient.

Ces falaises sont les plus hautes et les plus célèbres de toute l'Angleterre. À leur pied, la mer est profonde, glaciale, affamée. Des centaines de bateaux furent engloutis à cet endroit, avec tout leur équipage, avec tous leurs passagers. Et la pêche n'était qu'à une centaine de mètres de cette falaise – à une cinquantaine de mètres – à vingt mètres – à dix mètres – à cinq, et, ayant atteint le rebord, elle fut projetée en l'air, puis suspendue pendant quelques secondes, tournant toujours comme une planète…

Puis commença la chute…

Plus bas…

Encore plus bas…

Encore…

Encore…

Encore…

Et PLOUF ! Elle heurta la surface de l'eau dans un formidable éclaboussement, puis elle coula comme une pierre.

Mais au bout de quelques secondes elle remonta pour demeurer à la surface, paisible et victorieuse, en se balançant sur les flots.

17

À ce moment, le chaos régnait à l'intérieur de la pêche. Meurtri et couvert de bosses, James Henry Trotter gisait sur le sol de la chambre, au milieu d'un inextricable fouillis de mille-pattes, de ver de terre, d'araignée, de coccinelle, de ver luisant et de grillon. Oh ! la terrible aventure ! Pourtant, tout avait commencé par des rires et des chansons et nul n'avait songé aux dangers imminents. Au premier « boum », le mille-pattes avait déclaré : « C'était tante Éponge ! » Au second, il avait constaté : « C'était tante Piquette ! » Et ce fut un éclat de joie général.

Mais dès que la pêche eut quitté le jardin pour descendre la côte avec des sauts périlleux et des bonds furieux, l'aventure tourna au cauchemar. James se sentit projeté tantôt au plafond, tantôt au plancher, puis vers les murs, puis encore au plafond, tandis que ses compagnons farfelus voletaient dans tous les sens, ainsi que les meubles, sans parler des quarante-deux bottines du mille-pattes. Tout ce que contenait la pêche était secoué comme des pois dans un tamis, secoué sans pitié par un géant fou aux forces inépuisables. Et pour comble de malheur, la lanterne du ver luisant ne fonctionnait pas. Dans la pièce, il faisait noir comme dans un four. Il y eut des cris, des pleurs et des plaintes. Une fois, James crut s'accrocher à une paire de poutres, puis il s'aperçut que c'était une des nombreuses paires de pattes du mille-pattes. « Lâche-moi, idiot ! » hurla en gigotant le mille-pattes, et James fit une nouvelle embardée pour se retrouver sur les genoux podagres du vieux grillon des champs. Deux fois de suite, il devait s'embrouiller dans les pattes de mademoiselle l'araignée (l'horrible affaire), et à la fin, le pauvre ver de terre, tout fendillé par ses nombreux déplacements involontaires, s'enroula dans sa détresse autour de James, refusant obstinément de se dérouler.

Oh ! le singulier et terrible voyage !

Mais à présent, c'était fini, la chambre avait retrouvé l'ordre et le calme. Tout le monde était occupé à identifier ses membres, à défaire ses nœuds.

– Lumière, s'il vous plaît ! cria le mille-pattes.

– Lumière ! crièrent les autres en chœur. Un peu de lumière, s'il vous plaît !

– Si je pouvais, répondit le pauvre ver luisant. Je fais ce que je peux, croyez-moi. Un peu de patience, s'il vous plaît !

Et tout le monde attendit en silence.

Enfin une faible lueur verdâtre se mit à auréoler la queue du ver luisant et, petit à petit, cette lueur devint de plus en plus éclatante.

– Ah ! le beau voyage ! dit le mille-pattes en boitillant de long en large.

– Je ne serai plus jamais comme avant, murmura le ver de terre.

– Moi non plus, dit la coccinelle. J'ai l'impression d'avoir beaucoup vieilli.

– Voyons, mes chers amis, s'écria le vieux grillon des champs avec un sourire quelque peu forcé, puisque nous sommes arrivés maintenant !

– Arrivés où ? demandèrent les autres. Où sommes-nous ?

– Je n'en sais rien, dit le vieux grillon des champs, mais je suis sûr que c'est un bon coin.

– Nous sommes peut-être au fond d'une mine de charbon, dit d'une voix sombre le ver de terre. Nous avons fait une descente brusque. J'en ai eu mal au cœur. Je ne me sens toujours pas bien.

– Peut-être sommes-nous dans un pays merveilleux plein de musique et de chansons, dit le vieux grillon des champs.

– Ou au bord de la mer, dit avec passion le petit James, sur une belle plage de sable pleine d'enfants qui s'amusent !

– Pardonnez-moi, murmura la coccinelle en pâlissant un peu, mais me tromperais-je ? On dirait que nous nous balançons !

– Nous nous balançons ! crièrent les autres. Que voulez-vous dire par là ?

– Vous êtes encore tout étourdie par le voyage, dit le vieux grillon des champs. Ça passera. Est-ce que tout le monde est prêt ? Nous allons monter en haut pour inspecter les lieux !

– Oui, oui ! Allons-y ! Allons-y !

– Pas question que je sorte pieds nus, déclara le mille-pattes. Il faut d'abord que je mette mes bottines.

– Ah non ! protesta le ver de terre. Il ne faut pas lui passer tous ses caprices !

– Nous allons tous lui donner un coup de main, proposa gentiment la coccinelle. Ça ira vite !

Et tous se mirent au travail. Tous à l'exception de l'araignée occupée à filer une longue échelle de corde allant du sol au plafond. Le vieux grillon des champs avait suggéré avec beaucoup de sagesse qu'il serait imprudent de passer par la sortie latérale tant qu'ils ne savaient pas encore où ils se trouvaient. Mieux valait monter directement au sommet de la pêche.

Ainsi, au bout d'une demi-heure, lorsque l'échelle de corde fut prête et la quarante-deuxième bottine du mille-pattes correctement lacée, ce fut le moment de sortir. Alors, en poussant des cris comme : « Voyons cette terre promise, mes enfants ! Comme c'est passionnant ! », ils grimpèrent un à un l'échelle pour disparaître dans l'obscurité suintante du tunnel qui montait à pic, presque verticalement.

18

Une minute plus tard, tout le monde était debout au sommet de la pêche. Rassemblés autour de la tige, ils se frottèrent tous les yeux.

– Que s'est-il passé ?

– Où sommes-nous ?

– Ce n'est pas possible !

– C'est incroyable !

– C'est effrayant !

– Je vous l'ai bien dit ! J'ai senti des secousses ! dit la coccinelle.

– Nous sommes en pleine mer ! cria James.

Et c'était vrai. Les courants et le vent s'étaient associés pour emporter la pêche si vite que, déjà, on ne voyait plus la Terre. Tout autour d'eux, rien que de l'eau, l'immense océan sombre et affamé. De petites vagues clapotaient contre les flancs de la pêche.

– Est-ce possible ? crièrent-ils. Où sont les champs ? Où sont les forêts ? Où est l'Angleterre ?

Personne, pas même le petit James, ne comprenait comment la chose avait pu se produire.

– Mesdames ! Messieurs ! dit le vieux grillon des champs en s'efforçant de dissimuler combien il était inquiet, je crains bien que nous ne nous trouvions dans une situation plutôt délicate !

– Délicate ! s'écria le ver de terre. Mon pauvre ami, nous sommes finis ! Nous allons tous périr ! Tout aveugle que je suis, je vois clair à ma façon !

– Vite ! Déchaussez-moi ! hurla le mille-pattes. Je ne peux pas nager avec mes bottines !

– Et moi, je ne sais pas nager du tout ! cria la coccinelle.

– Moi non plus, se lamenta le ver luisant.

– Moi non plus ! dit mademoiselle l'araignée.

– Mais personne n'a besoin de savoir nager, dit James avec calme. Puisque nous flottons. Tôt ou tard un bateau passera et nous sauvera.

Tous le regardèrent, fascinés.

– Es-tu bien sûr que nous ne coulerons pas ? demanda la coccinelle.

– Tout à fait sûr, répondit James. Voyez vous-mêmes.

Et tout le monde courut vers le rebord pour scruter l'eau qui entourait la pêche.

– Le petit a raison, dit le vieux grillon des champs. Nous flottons. Il ne nous reste qu'à nous asseoir et à nous tenir tranquilles. Et tout finira par s'arranger.

– Insensé ! cria le ver de terre. Rien ne finit jamais par s'arranger, vous le savez très bien.

– Pauvre ver de terre, glissa la coccinelle à l'oreille

de James. Il a le goût du désastre. Il a horreur d'être heureux. Il n'est heureux que quand il est malheureux. N'est-ce pas bizarre ? Mais je suppose que le seul fait d'être un ver de terre peut assombrir toute une existence, qu'en penses-tu ?

– Bon, dit le ver de terre, si cette pêche ne coule pas et si nous ne mourons pas tous noyés, nous finirons tous par mourir de faim, c'est inévitable. Auriez-vous oublié que nous n'avons rien mangé depuis hier matin ?

– Il a raison, pardi ! cria le mille-pattes. Pour une fois, notre ver de terre a raison.

– Bien sûr que j'ai raison, dit le ver de terre. Comment voulez-vous trouver de la nourriture par ici ?

Nous allons maigrir, maigrir, maigrir, la soif nous desséchera et nous mourrons de faim, d'une mort lente et terrible. Je me sens déjà mourir. Je dépéris lentement, faute de nourriture. J'aimerais encore mieux me noyer.

— Mais, bonté divine, serais-tu aveugle ? s'écria James.

— Tu sais bien que je le suis, dit amèrement le ver de terre. Pas besoin de me le rappeler.

— Oh ! pardon… Mais j'ai voulu dire… Ne vois-tu pas que… ?

— Voir ? s'écria le pauvre ver de terre. Voir ! Tu te moques de moi !

James poussa un profond soupir.

— Donc, disons : ne réalises-tu pas que nous avons assez à manger ? Assez pour des semaines ?

— Où donc ? firent les autres. Où donc ?

— La pêche ! Qu'en faites-vous ? Notre bateau se mange !

— Diable ! crièrent les autres. Nous n'y aurions jamais pensé !

— Mon petit, dit le vieux grillon des champs en posant affectueusement une patte sur l'épaule de James, je me demande ce que nous deviendrions sans toi. Tu es si intelligent. Mesdames et messieurs, nous voilà sauvés, une nouvelle fois !

— Je suis persuadé du contraire ! dit le ver de terre. Vous avez des idées folles ! Nous ne pouvons pas manger le bateau ! Que deviendrions-nous sans lui ?

– Nous allons mourir de faim si nous ne le mangeons pas ! dit le mille-pattes.

– Et nous allons nous noyer si nous le mangeons ! cria le ver de terre.

– Oh ! mon Dieu, mon Dieu, dit le vieux grillon des champs. Tout va plus mal que jamais !

– Ne pourrions-nous pas en manger un tout petit bout ? demanda mademoiselle l'araignée. J'ai une faim atroce.

– Mangez-en tant que vous voudrez, répondit James. Puisque je vous dis qu'il y en a pour des semaines et des semaines !

– Bonté divine, il a encore raison ! cria le vieux grillon des champs en battant des mains. Des semaines, bien sûr ! Mais ne trouons pas le pont, surtout ! Je pense qu'il vaudra mieux entamer le tunnel, celui par où nous sommes montés.

– Excellente idée, dit la coccinelle.

– Pourquoi as-tu l'air si navré, cher ver de terre ? demanda le mille-pattes. Quel est ton problème ?

– Mon problème… dit le ver de terre, mon problème… eh bien, justement, mon problème, c'est qu'il n'y a pas de problème !

Tout le monde éclata de rire.

– Courage, ver de terre ! Et maintenant, à table !

Tout le monde se précipita vers l'entrée du tunnel pour entamer la belle pêche, si dorée, si juteuse, si appétissante.

– Merveilleux ! dit le mille-pattes, la bouche pleine.

– Dé-li-cieux ! dit le vieux grillon des champs.

– Fabuleux ! dit le ver luisant.

– Dieu ! soupira la coccinelle. Quelle saveur !

Elle sourit à James et James lui sourit. Ils s'assirent sur le pont en mastiquant joyeusement.

– Tu sais, James, dit la coccinelle, jusqu'à ce jour, je n'ai jamais mangé autre chose que ces petits moucherons verts qui vivent sur les rosiers. Ils sont très savoureux, ces moucherons. Mais, comparés à cette pêche, ils sont insipides.

– N'est-ce pas prodigieux ? dit mademoiselle l'araignée venue les rejoindre. J'ai toujours pensé qu'une grosse mouche à viande prise dans ma toile était le meilleur dîner du monde – je l'ai pensé avant de goûter à ceci.

– Quel régal ! cria le mille-pattes. C'est vraiment étonnant ! Incomparable ! Et je suis bien placé pour en juger. Les bons petits plats, ça me connaît !

Et le mille-pattes, la bouche pleine, le menton ruisselant de jus de pêche, se mit à chanter à tue-tête :

J'ai mangé bien des plats délicieux,
Des moustiques en gelée, des lobes d'oreilles au riz,
Des souris à la neige, c'était exquis,
Des rôtis de rat (aspergés de pipi).

J'ai mangé des tas de croquettes de crottin,
D'innombrables boulettes de hanneton,
Des œufs de serpent brouillés au gratin,
Des frelons cuits dans du goudron,
De la bave d'escargot et des queues de lézards,
Des fourmis, des cafards par milliers
(Dans du vinaigre, s'il vous plaît).

J'adore les tailles de guêpe écrasées
À la vaseline et sur canapé.
Et les vertèbres de porc-épic,
Le rôti de dragon un peu moisi,
Plat fort coûteux, fort apprécié
(Expédié par courrier supersonique).

Et j'aime les tentacules d'octopi,
Les petites saucisses à la réglisse
C'est chaud, c'est vivant et ça glisse
C'est arrosé de carburant
(De « super », naturellement) !

Le jour de ma fête, je me fais servir
Des nouilles flambées au poil de caniche
Bien parfumées à l'élixir
D'ongles coupés et de cils de biche
(À avaler les yeux fermés).

Enfin, il faut que je vous le dise :
Chacune de ces friandises
Est rare, onéreuse, onirique.
Mais je donnerais le tout
Pour un tout petit bout
De cette PÊCHE FANTASTIQUE !

Tout le monde était heureux et détendu. Le soleil brillait d'un éclat encourageant dans le ciel bleu et la mer était calme. La pêche géante, baignée de lumière, glissait majestueusement sur l'eau argentée comme une énorme boule d'or massif.

19

– Regardez ! s'écria le mille-pattes vers la fin du repas. Regardez comme c'est drôle, cette mince barre noire qui glisse dans l'eau, là-bas !

Tout le monde tourna la tête.

– Tiens, il y en a deux, dit mademoiselle l'araignée.

– Il y en a des tas ! dit la coccinelle.

– Qu'est-ce que c'est ? demanda le ver de terre avec inquiétude.

– Des poissons, sans doute, dit le vieux grillon des champs. Ils sont venus nous dire bonjour.

– Des requins ! hurla le ver de terre. Ce sont des requins, j'en suis sûr. Ils sont venus pour nous dévorer !

– Balivernes ! dit le mille-pattes, mais sa voix tremblait et il ne riait plus.

– Ce sont bien des requins ! répéta le ver de terre. J'en ai la certitude !

À présent, ils pensaient tous comme lui, mais ils étaient trop effrayés pour en convenir.

Il y eut un bref silence et tout le monde scruta anxieusement l'eau où les requins tournaient lentement autour de la pêche géante.

– Supposons que ce sont des requins, dit le mille-pattes. Nous ne risquons rien tant que nous restons perchés ici.

Mais avant même qu'il ait fini ces mots, un des longs poissons noirs fit soudain volte-face dans l'eau pour foncer sur la pêche. Aussitôt il s'immobilisa en levant ses vilains petits yeux sur l'étrange équipage.

– Va-t'en ! crièrent-ils. Va-t'en, sale bête !

Lentement, péniblement, le requin ouvrit la gueule (assez spacieuse pour contenir une voiture d'enfant) et tira la langue.

Tout le monde attendit, le souffle coupé. Et maintenant, comme sur le signe d'un chef, tous les autres requins se ruèrent vers la pêche à coups de nageoires furibonds, pour se grouper autour d'elle avant de passer à l'attaque. Ils étaient bien vingt ou trente, peut-être plus. Ils se bousculaient et barattaient l'eau avec leurs queues. Au sommet de la pêche, c'était la panique.

– Nous sommes perdus, perdus ! pleura mademoiselle l'araignée. Ils mangeront la pêche, et quand ils l'auront mangée, nous n'aurons plus de bateau et ils s'acharneront sur nous !

– C'est juste ! hurla la coccinelle. Nous sommes perdus !

– Oh ! je ne veux pas qu'ils me mangent ! geignit

le ver de terre. Mais c'est moi qu'ils mangeront le premier parce que je suis si gros et si juteux et que je n'ai pas d'os !

– N'y a-t-il vraiment rien à faire ? demanda la coccinelle à James. Tu as peut-être une idée ?

Et tous les regards se tournèrent vers James.

– Cherche ! supplia mademoiselle l'araignée. Cherche bien, mon petit James !

– Sauve-nous ! dit le mille-pattes. Sauve-nous, James. Il doit y avoir un moyen d'en sortir.

Les regards restèrent fixés sur James, pathétiques, pleins d'angoisse et d'espoir.

20

– Je crois qu'il y a un moyen, dit lentement James Henry Trotter. Je ne peux pas encore vous dire s'il est efficace...

– Dis-le ! cria le ver de terre. Dis-le vite !

– Nous ferons tout ce que tu voudras ! dit le mille-pattes.

– Vite ! Vite !

– Taisez-vous et laissez-le parler ! dit la coccinelle. Vas-y, James.

Ils se turent et firent cercle autour de lui. Et, tout en attendant en silence, ils entendaient les requins qui battaient l'eau. Cela seul suffisait à leur donner la chair de poule.

– Voyons, James, parle ! dit la coccinelle.

– Je... je... je crains que ce ne soit une mauvaise idée, murmura James en secouant la tête. Je suis désolé, mais nous n'avons pas de ficelle. Et il nous en faudrait plus de cent mètres pour faire ce que je pense.

– Quelle sorte de ficelle ? demanda vivement le vieux grillon des champs.

– N'importe laquelle. Mais il me faudrait beaucoup de ficelle très solide !

– Mais, mon cher enfant, si ce n'est que cela ! Nous en avons tant que tu voudras !

– Comment ?

– Le ver à soie ! s'écria le vieux grillon des champs.

– N'y as-tu pas pensé ? Il est toujours en bas ! Il ne se déplace jamais ! Il est couché toute la journée et il dort, mais rien ne nous empêche de le réveiller et de le faire travailler !

– Et moi ! dit mademoiselle l'araignée. Mon travail ne vaut-il pas celui d'un ver à soie ? Je suis une fileuse modèle !

– Pouvez-vous en produire assez à vous deux ? demanda James.

– Autant que tu voudras.

– Rapidement ?

– Bien sûr, bien sûr !

– Et sera-t-il solide, ce fil ?

– Plus solide que tout ! Aussi gros que ton doigt ! Mais pour quoi faire ?

– Il faut sortir la pêche de l'eau ! dit James.

– Tu es fou ! cria le ver de terre.

– C'est notre seule chance.

– Ce garçon est complètement fou !.. Il se moque de nous !

– Continue, James, dit doucement la coccinelle. Comment vas-tu faire ?

– L'accrocher aux nuages, je suppose, railla le mille-pattes.

– Les mouettes, dit calmement James. Il y en a des tas. Regardez !

Ils levèrent les yeux et virent de grands vols de mouettes qui tournoyaient dans le ciel.

– Je prendrai un long fil de soie, poursuivit James, et je nouerai un bout autour du cou d'une mouette. Quant à l'autre bout, je l'attacherai à la tige de la pêche.

Il désigna du doigt la tige qui se dressait au milieu de la pêche comme un gros bout de mât sur le pont d'un vaisseau.

– Puis j'attraperai une autre mouette et je procéderai de la même façon. Puis une autre encore et ainsi de suite.

– Ridicule ! crièrent-ils.

– Absurde !

– Folie !

– Balivernes !

Et le vieux grillon des champs fit observer :

– Comment ces quelques petites mouettes peuvent-elles soulever cette énorme boule, y compris nous tous ? Il nous faudrait des centaines… des milliers de mouettes…

– Ce ne sont pas les mouettes qui manquent, répondit James. Il nous en faudra à peu près quatre cents, ou cinq cents, ou six cents… peut-être mille… je ne sais pas… Je n'aurai qu'à les relier à la tige les unes après les autres, jusqu'à ce qu'elles soient assez nombreuses pour nous soulever. À la fin, elles y arriveront. C'est comme les ballons. Si vous donnez des tas de ballons à quelqu'un, mais des tas, vraiment, il finit par s'envoler. Et une mouette, c'est bien plus costaud qu'un ballon. Pourvu que ces horribles requins nous laissent le temps d'aller jusqu'au bout...

— Aurais-tu perdu la tête ? dit le ver de terre. Comment veux-tu attacher un bout de ficelle au cou d'une mouette ? Vas-tu monter en l'air toi-même pour les attraper ?

— Complètement cinglé, ce garçon ! dit le mille-pattes.

— Laissez-le parler, dit la coccinelle.

— Continue, James. Comment vas-tu faire ?

— Il faut les appâter.

— Les appâter ? avec quoi ?

— Avec un ver, bien sûr. Les mouettes aiment beaucoup les vers, c'est bien connu. Et, par bonheur, nous en avons un parmi nous, le plus gros, le plus gras, le plus rose, le plus juteux de tous les vers du monde.

— Trêve de plaisanteries ! dit vivement le ver de terre. Ça suffit !

— Continue, firent les autres avec un intérêt croissant.

— Continue !

— D'ailleurs, les mouettes l'ont déjà repéré, poursuivit James. Ça explique pourquoi elles sont de plus en plus nombreuses à tournoyer au-dessus de nous. Mais elles ne se poseront jamais si nous restons tous dehors. C'est pourquoi...

— Assez ! cria le ver de terre. Assez, assez, assez ! Je ne marche pas ! Je proteste ! Je... je... je... je...

— Du calme ! dit le mille-pattes. N'as-tu pas honte de ne penser qu'à toi ?

— Je pense à ce qu'il me plaît !

— Mon cher ver de terre, de toute manière, tu seras mangé. Alors, être dévoré par des mouettes ou par des requins, quelle différence ?

— Je ne marche pas !

— Si nous écoutions plutôt la suite ? dit le vieux grillon des champs.

— Je me moque de la suite ! cria le ver de terre.

— Je ne me laisserai pas becqueter par une bande de mouettes !

— Tu seras un martyr, dit le mille-pattes. Je te respecterai jusqu'à la fin de ma vie.

— Moi aussi, je te respecterai, dit mademoiselle l'araignée. Et tu auras ton nom dans tous les journaux. Un ver de terre se sacrifie pour sauver ses amis...

— Mais il n'aura pas besoin de se sacrifier, intervint James. Écoutez-moi bien. Voici ce que nous allons faire...

21

– Mais c'est absolument prodigieux ! cria le vieux grillon des champs lorsque James eut fini d'exposer son plan.

– Ce garçon est un génie ! proclama le mille-pattes. Et ça me permettra de garder toutes mes bottines.

– Elles me picoreront à mort ! se lamenta le ver de terre.

– Mais non, voyons !

– Mais si je le sais ! Et je ne les verrai même pas foncer sur moi puisque je n'ai pas d'yeux !

James s'approcha du ver de terre et lui posa doucement la main sur l'épaule :

– Je te protégerai, dit-il. C'est promis. Mais nous n'avons plus de temps à perdre ! Voyez, là-bas !

Une foule considérable de requins se pressait autour de la pêche. L'eau en bouillonnait. Ils étaient bien quatre-vingt-dix ou cent.

Et les voyageurs rassemblés au sommet de la pêche avaient l'obscur sentiment de couler déjà.

— Au travail ! ordonna James. Et en vitesse ! Plus une minute à perdre !

À présent, c'était lui le capitaine et personne ne l'ignorait. Les autres lui obéiraient au doigt et à l'œil.

— Que tout le monde descende, à l'exception du ver de terre ! commanda James.

— Oui, oui ! répondirent ses compagnons en s'engouffrant dans le tunnel. Dépêchons-nous !

— Et toi, mille-pattes ! cria James. Qu'est-ce que tu attends pour déclencher le ver à soie ? Et dis-lui de travailler comme il n'a jamais travaillé de sa vie ! C'est une question de vie ou de mort ! Et cela s'adresse aussi à vous, mademoiselle l'araignée ! Vite ! Au travail !

22

Au bout de quelques minutes tout était prêt.

Le silence régnait au sommet de la pêche. Personne en vue – personne excepté le ver de terre.

Une moitié de ce ver de terre, semblable à une belle saucisse rose, s'étalait en toute innocence au soleil pour attirer les regards des mouettes.

L'autre moitié pendillait à l'intérieur du tunnel.

James était accroupi auprès du ver de terre dans l'entrée du tunnel, tout près de la surface, guettant l'arrivée de la première mouette. Il brandissait un nœud coulant en fil de soie.

Le vieux grillon des champs et la coccinelle étaient descendus plus bas dans le tunnel. Les pattes sur la queue du ver de terre, ils étaient prêts à le tirer vers l'intérieur en cas de danger, au moindre signe de James.

Et, tout au fond du noyau de la pêche, le ver luisant éclairait la pièce pour permettre à l'araignée et au ver à soie de faire du bon travail. Le mille-pattes les surveillait tout en les encourageant avec ardeur. Des bribes de ses propos parvenaient à James :

– Vas-y, ver à soie, mets-toi en quatre, espèce de paresseux ! Plus vite, plus vite, sinon on te livrera aux requins !

– Voici la première mouette ! murmura James. Ne bouge pas, ver de terre. N'aie pas peur !

– Ne lui permets pas de me piquer ! supplia le ver de terre.

– C'est ça. Pssst !

Du coin de l'œil, James suivit la descente de la première mouette. Et, soudain, celle-ci fut si proche qu'il pouvait voir ses petits yeux noirs et son bec crochu grand ouvert, prêt à arracher un bout de dos dodu du ver de terre.

– Tirez ! cria James.

Le vieux grillon des champs et la coccinelle tirèrent de toutes leurs forces sur la queue du ver de terre et, comme par magie, celui-ci disparut complètement dans le tunnel. Au même instant, James leva la main et la mouette se précipita sur le nœud coulant étudié exprès pour faire le tour du cou de l'oiseau. C'est ainsi que la première mouette fut prise.

– Hourra ! cria le vieux grillon des champs en avançant la tête hors du tunnel. Bravo, James !

La mouette s'envola pendant que James déroulait le fil. Il l'arrêta à une cinquantaine de mètres et attacha le bout à la tige de la pêche.

– À la suivante ! cria-t-il en regagnant d'un bond

sa cachette dans le tunnel. À ton poste, ver de terre !
Et toi, mille-pattes, apporte-moi du fil !

– Oh ! je n'aime pas ce jeu, pleurnicha le ver de terre. Elle a failli me piquer ! J'ai senti ses battements d'ailes sur mon dos !

– Chut ! fit James. Ne bouge plus ! En voici une autre !

Et tout se passa comme pour la première mouette. Puis vint une troisième, une quatrième, une cinquième.

Les mouettes affluèrent et James les captura les unes après les autres et les attacha à la tige.

– Cent mouettes ! cria-t-il en s'épongeant la figure.

– Continue ! crièrent ses compagnons. Continue, James !

– Deux cents mouettes !

– Trois cents mouettes !

– Quatre cents mouettes !

Les requins, comme s'ils sentaient que leur proie allait leur échapper, s'attaquèrent à la pêche avec une fureur grandissante. Celle-ci ne cessait de s'enfoncer dans les eaux.

– Cinq cents mouettes !

– Le ver à soie te fait dire qu'il est à bout de fil ! annonça le mille-pattes. Il dit qu'il n'en peut plus. Mademoiselle l'araignée, elle aussi, est épuisée !

– Dis-leur de faire un petit effort ! répondit James.

– Ils ne peuvent pas s'arrêter maintenant !

– Nous remontons ! cria quelqu'un.

– Mais non !

– J'ai senti quelque chose !

– Vite, une autre mouette !

– Silence, en voilà une !

C'était la cinq cent unième mouette. Et au moment même où James l'attachait, la pêche géante commença soudain à se soulever avec lenteur.

– Regardez ! Nous voilà partis ! Attention !

Mais, aussitôt après, la pêche s'immobilisa.

Elle demeura suspendue.

Se balançant doucement au bout de ses cinq cent un fils, elle refusait de monter plus haut.

C'est tout juste si le fond de la pêche touchait l'eau.

– Encore une et ça ira ! cria le vieux grillon des champs. C'est presque gagné !

Puis vint le grand moment où la cinq cent deuxième mouette fut attrapée et attachée à la tige.

Et puis enfin…

Très lentement…

Majestueusement…

Comme un fabuleux ballon d'or…

Entraînée par le formidable vol de mouettes… la pêche géante monta, ruisselante d'eau, plus haut, toujours plus haut, à la rencontre des nuages.

23

Au bout d'une seconde, tout le monde se retrouva en haut.

– Comme c'est beau !

– Quelle merveilleuse impression !

– Adieu, requins !

– Mon garçon, c'est ce que j'appelle voyager !

Mademoiselle l'araignée qui poussait des cris fous, tant elle était émue, prit le mille-pattes par la taille et tous deux se mirent à danser autour de la tige empanachée. Le ver de terre, dressé sur sa queue, se tortillait de plaisir. Le vieux grillon des champs exécutait des bonds de plus en plus vertigineux. La coccinelle courut vers James pour lui serrer cordialement la main. Le ver luisant, personnage plutôt timide et taciturne, se tenait, tous phares allumés, à l'entrée du tunnel. Même le ver à soie, blême, amaigri, l'air complètement épuisé, sortit tant bien que mal du tunnel pour assister à la fête.

Ils montèrent, ils montèrent, et bientôt ils planaient au-dessus de l'océan, à hauteur d'un clocher d'église.

– Ce qui m'inquiète un peu, c'est l'état de la pêche, dit James lorsque ses compagnons eurent cessé de danser et de pousser des hurlements de joie. Je me demande si les requins l'ont beaucoup abîmée. D'ici ça ne se voit pas.

– Si j'allais faire un petit tour en bas ? dit mademoiselle l'araignée. Ça ne m'ennuie pas du tout, croyez-moi !

Et, sans attendre la réponse, elle produisit aussitôt un long fil de soie et en attacha le bout à la tige.

– Je serai de retour dans une seconde, dit-elle.

Puis elle alla tranquillement vers le rebord de la pêche et sauta, suspendue à son fil.

Les autres, pleins d'anxiété, se rassemblèrent à l'endroit même où elle avait effectué son saut périlleux.

– Ce serait terrible si le fil ne tenait pas le coup, dit la coccinelle.

Il y eut un assez long silence.

– Vous allez bien, mademoiselle l'araignée ? cria le vieux grillon des champs.

– Oui, merci ! répondit la voix d'en bas. Je remonte !

Et elle remonta sur son fil en enroulant soigneusement dans son corps la soie qui avait déjà servi.

– Qu'y a-t-il ? demandèrent les compagnons.

– Ont-ils tout dévoré ? La pêche est-elle trouée de partout ?

Mademoiselle l'araignée atterrit sur le pont, l'air à la fois réjoui et défait.

– Vous ne me croirez jamais, dit-elle, mais la pêche est à peu près indemne ! À peine rognée, vraiment !

– Êtes-vous sûre de ne pas vous tromper ? dit James.

– Elle se trompe, cela ne fait aucun doute ! intervint le mille-pattes.

– Je vous assure que je ne me trompe pas, répondit mademoiselle l'araignée.

– Mais il y avait des centaines de requins autour de nous !

– Ils n'ont fait que baratter l'eau.

– Nous avons vu leurs grandes gueules s'ouvrir et se refermer !

– Ce que vous avez vu ne compte pas, répondit mademoiselle l'araignée. Ce qui est certain, c'est qu'ils ont à peine endommagé la pêche.

– Alors, pourquoi nous sommes-nous mis à couler ? demanda le mille-pattes.

– C'est la peur qui a dû faire travailler notre imagination.

Elle ne croyait pas si bien dire. Un requin, voyez-vous, a le nez extrêmement long et pointu, tandis que sa bouche est placée sensiblement au-dessous et en arrière. Ce qui fait qu'il lui est pratiquement impossible de planter ses crocs dans une grande surface lisse et bombée telle que le flanc de la pêche géante. Même renversé sur le dos, il n'y parvient pas, son nez est trop encombrant. Avez-vous déjà vu un tout petit chien planter ses dents dans un énorme ballon ? Eh bien, imaginez ce que ça donne, la rencontre d'un requin et d'une pêche géante !

— Ça tient du miracle, dit la coccinelle. Les trous se sont refermés tout seuls.

— Tiens, un bateau ! s'écria James.

Tout le monde se précipita vers le rebord. Personne n'avait jamais vu de bateau.

— Comme il est grand !

— Il a trois cheminées !

— Il y a du monde sur les ponts !

— Il faut leur faire signe. Croyez-vous qu'ils nous voient ?

Ni James ni les autres ne pouvaient le savoir. Quant au paquebot en question, c'était justement le *Queen Mary* qui venait de quitter l'Angleterre pour gagner l'Amérique. Le capitaine, tout étonné, se tenait sur la passerelle, entouré de ses officiers. Tous ouvrirent de grands yeux étonnés sur l'énorme ballon doré qui naviguait dans le ciel.

— Ça ne promet rien de bon, dit le capitaine.

— J'allais vous le dire, dit le premier officier.

— Est-ce qu'ils nous suivent ? dit le second officier.

— Très fâcheux, tout ça, bougonna le capitaine.

— Il est peut-être dangereux, cet engin, dit le premier officier.

— Sûr, dit le capitaine. C'est une arme secrète ! Vite ! Câblez à la reine ! Prévenez les autorités ! Et passez-moi ma longue-vue !

Le premier officier tendit la longue-vue au capitaine. Le capitaine s'en empara aussitôt.

– Tiens, il y a des oiseaux partout ! cria-t-il. Le ciel
est noir d'oiseaux ! Qu'est-ce qu'ils peuvent bien
y faire ? Attendez une seconde ! Il y a du monde ! Et
ça bouge ! Il y a un… un… mais est-ce que j'ai bien
réglé ma longue-vue ? On dirait un petit garçon en
culotte courte ! Oui, c'est bien ça, un petit garçon en
culotte courte, pas d'erreur ! Et voilà une… une…
une espèce de coccinelle géante !

– Voyons, capitaine ! dit le premier officier.

– Et un grillon vert grand comme un veau !

107

— Capitaine ! dit sévèrement le premier officier. Capitaine, je vous en prie !

— Et une araignée-mammouth !

— Ça y est, il a encore bu trop de whisky, dit le second officier à l'oreille du premier.

— Et un gigantesque, oui, un gigantesque mille-pattes ! hurla le capitaine.

— Appelez vite le toubib, dit le premier officier. Le capitaine est malade.

L'instant d'après, l'énorme boule dorée disparut dans un nuage et les gens qui se trouvaient à bord du paquebot ne devaient plus la revoir.

2f

Mais au sommet de la pêche, la bonne humeur générale continuait.

– Je me demande comment finira cette aventure, dit le ver de terre.

– Qu'importe ? répondirent les autres. Tôt ou tard, les mouettes retournent toujours au pays.

Mais, en attendant, la pêche volait de plus en plus haut, bien au-dessus des plus hauts nuages, en se balançant doucement.

– Et si nous écoutions un peu de musique ? proposa la coccinelle. Qu'en pensez-vous, grand-père grillon ?

– Avec plaisir, ma chère, répondit le vieux grillon des champs en bombant le torse.

– Chic, il va jouer pour nous ! crièrent-ils aussitôt.

Toute la compagnie fit cercle autour du vieux musicien. Et le concert commença. Dès la première note, le public fut sous le charme. James n'avait jamais rien entendu d'aussi beau. Tout petit, il avait souvent écouté le chant du grillon, le soir, dans son jardin, et il avait bien aimé ce bruit.

Mais, cette fois-ci, c'était bien différent. C'était de la vraie musique, avec des accords, des arpèges, des trilles, des syncopes.

Et quel merveilleux instrument ! On aurait dit un violon. Oui, c'était presque cela !

L'archet de ce violon était la patte arrière du grillon. Quant aux cordes qui faisaient jaillir le son, elles étaient placées à l'extrémité de l'aile.

Il ne se servait que de la partie supérieure de sa patte, la laissant aller en avant et en arrière avec un art incroyable, tantôt lentement, tantôt rapidement, mais toujours avec autant de verve, de facilité. Comme un virtuose du violon. Et les mélodies enchantées montaient au ciel bleu.

À la fin de la première partie du concert, tout le monde applaudit à tout rompre. Mademoiselle l'araignée se leva et cria :

— Bravo ! Bravo ! Bis ! Encore !

— Et toi, James ? demanda en souriant le vieux grillon des champs. Qu'en penses-tu ?

— Oh ! j'adore votre musique ! répondit James. Elle est si belle ! On dirait un vrai violon !

— Un vrai violon ? s'écria le vieux grillon des champs. Qu'est-ce que tu racontes ? Mon garçon, sache que je suis moi-même un vrai violon, le plus vrai des violons !

– Mais est-ce que tous les grillons jouent du violon ? Et est-ce qu'ils jouent tous comme vous ? demanda James.

– Non, répondit le vieux grillon des champs, pas tous. Pour ne rien te cacher, je suis un grillon à cornes courtes. J'ai deux petites antennes sur la tête, les vois-tu ? Elles ne sont pas longues, n'est-ce pas ? De là mon surnom. Et nous autres grillons à cornes courtes sommes les seuls à jouer comme les vrais violonistes, avec un archet. Mes confrères à cornes longues, ceux qui ont de grandes antennes courbes sur la tête, se contentent de frotter leurs élytres l'un contre l'autre. Ce ne sont pas des violonistes, mais de vulgaires frotteurs d'élytres. Aussi leur musique est-elle d'une classe bien inférieure. C'est à peu près ce que le banjo est au violon.

– Comme c'est passionnant ! s'écria James. Et dire que jusqu'à présent je ne me suis jamais demandé de quoi est faite la musique d'un grillon !

– Jeune homme, dit affectueusement le vieux grillon des champs, il y a des tas de choses dans notre beau monde que tu ignores encore. Nos oreilles, par exemple. Où sont-elles, d'après toi ?

– Vos oreilles ? Eh bien… dans votre tête.

Tout le monde éclata de rire.

– Tu veux dire que tu ne sais même pas ça ? s'écria le mille-pattes.

– Réfléchis un peu. Fais un petit effort ! dit en souriant le vieux grillon des champs.

– Vous ne pouvez tout de même pas les mettre ailleurs ?

– Vraiment ?

– Eh bien, je me rends. Où les avez-vous ?

– Ici, dit le vieux grillon des champs. Sur le ventre. Une oreille de chaque côté.

– Ce n'est pas vrai !

– Mais si, c'est vrai. Qu'y a-t-il là de si extraordinaire ? Si tu savais où les ont mes cousins les criquets et mes cousines les sauterelles vertes d'Amérique !

– Où ça ?

– Dans les pattes. Une oreille dans chaque patte de devant, juste au-dessus du genou.

– Tu ne savais pas ça non plus ? dit le mille-pattes avec mépris.

– Vous plaisantez, dit James. On ne peut pas avoir les oreilles dans les jambes.

– Et pourquoi pas ?

– Parce que… parce que c'est ridicule, voilà.

– Sais-tu ce que je trouve ridicule, moi ? dit le mille-pattes en riant comme d'habitude. Loin de moi l'idée de vouloir te vexer, mais ce qui me paraît ridicule, c'est d'avoir les oreilles des deux côtés de la tête. Tu n'as qu'à te regarder dans une glace un jour.

– Quelle peste ! s'écria le ver de terre. Pourquoi es-tu toujours si brutal et si mal élevé ? Tu devrais faire tes excuses à James.

25

Pour éviter une nouvelle dispute entre le mille-pattes et le ver de terre, James demanda aussitôt à ce dernier :

– Et toi, de quel instrument joues-tu ?

– Je ne joue d'aucun instrument, mais j'ai un autre don, un don vraiment extraordinaire, dit le ver de terre, tout illuminé.

– Et quel est ce don ? demanda James.

– Eh bien, dit le ver de terre, la prochaine fois, quand tu te trouveras dans un champ ou dans un jardin, pense à ceci : chaque grain de cette terre où tu marches, chaque petit grumeau de terre que tu vois est passé par le corps d'un ver de terre ! N'est-ce pas merveilleux ?

– Ce n'est pas possible ! dit James.

– Mon garçon, c'est la vérité.

– Tu veux dire que tu passes ta vie à avaler de la terre ?

– Et comment ! dit avec fierté le ver de terre. Ça entre par un bout pour ressortir par l'autre.

– Mais pourquoi cela ?

– Comment, pourquoi ?

– Pourquoi avales-tu de la terre ?

– Pour aider les cultivateurs. Mon travail rend la terre souple, grasse et fertile. Aucun fermier ne pourrait se passer de nous, si tu veux tout savoir. Nous sommes indispensables. Nous sommes terriblement importants. Il est donc normal que les fermiers nous aiment bien. Ils nous préfèrent même aux coccinelles.

– Tiens, dit James en se tournant vers la coccinelle. Ils vous aiment donc aussi ?

– On le dit, répondit la coccinelle en rougissant avec modestie. Et c'est vrai. Il paraît que certains cultivateurs nous aiment tant qu'ils s'en vont acheter exprès des paquets entiers de coccinelles. Une fois rentrés, ils les lâchent au milieu des champs. Ils sont heureux comme tout quand ils ont des tas de coccinelles dans leurs champs.

– Mais pourquoi ? demanda James.

– Parce que nous mangeons toutes les vilaines bestioles qui, elles, dévorent la récolte. Nous sommes extrêmement utiles, d'autant plus que nous ne demandons pas un sou pour les services que nous rendons.

– Vous êtes merveilleuse, lui dit James. Puis-je vous poser une question ?

– Je t'en prie.

– Est-il vrai qu'on peut voir l'âge d'une coccinelle au nombre de ses taches ?

– Mais non, dit la coccinelle, ce n'est qu'une histoire de bonne femme. Nos taches ne se multiplient pas. Bien sûr, il y en a qui viennent au monde avec plus ou moins de taches, mais ça ne change plus. Le nombre de taches que porte une coccinelle indique seulement à quelle famille elle appartient. Moi par exemple, comme tu peux voir, je suis une coccinelle à neuf taches. Et j'en suis très heureuse. C'est très joli d'avoir neuf taches sur le dos.

– C'est vrai, dit James en contemplant la belle carapace rouge et ses neuf ronds noirs.

– Par contre, poursuivit la coccinelle, les moins heureuses de mes compagnes n'ont que deux taches ! Imagine un peu ! Ces coccinelles-là sont très communes, vulgaires et mal élevées, il faut bien le dire. Mais il y a aussi des coccinelles à cinq taches. Elles sont bien plus jolies que celles qui n'en comptent que deux, mais je les trouve un peu insolentes.

– Mais sont-elles toutes aussi appréciées ? demanda James.

– Oui, répondit la coccinelle. On les aime toutes.

– Vous êtes donc tous très aimés des hommes ! dit James. Comme c'est bien !

– Pas moi ! cria joyeusement le mille-pattes. Je suis un insecte nuisible et j'en suis fier ! Oui, je suis quelqu'un de peu recommandable !

– En effet, dit le ver de terre.

– Et vous, mademoiselle l'araignée ? demanda James. Vous aime-t-on aussi dans le monde ?

– Non, hélas, répondit mademoiselle l'araignée dans un long et bruyant soupir. On ne m'aime pas du tout. Et pourtant je ne fais que le bien. J'attrape des mouches et des moustiques à longueur de journées. Je suis quelqu'un de très convenable.

– Je n'en doute pas, dit James.

– On est très injuste pour les araignées, poursuivit l'araignée. Il y a huit jours à peine, ta tante Éponge a chassé mon pauvre père par la bonde de la baignoire.

– Quelle horreur ! s'écria James.

– J'ai tout observé d'un coin du plafond, murmura l'araignée. C'était épouvantable. Nous ne l'avons plus revu.

Une grosse larme roula le long de sa joue pour s'écraser bruyamment sur le sol.

– Mais est-ce que ça ne porte pas malheur de tuer une araignée ? demanda James.

– Bien sûr que ça porte malheur ! cria le mille-pattes. C'est très dangereux ! Il suffit de penser à ce qui est arrivé à tante Éponge quelques jours après ce crime ! Elle a été écrabouillée par la pêche ! Nous l'avons bien senti en passant dessus. Quelle satisfaction pour vous, mademoiselle l'araignée !

– C'était en effet très satisfaisant, répondit mademoiselle l'araignée. Voulez-vous nous chanter une chanson, cher mille-pattes ?

Et le mille-pattes s'exécuta.

Tante Éponge, l'énorme sorcière,
Était une montagne de graisse,
Ronde comme une soupière
Par-devant et par-derrière
C'était une horrible ogresse.

Alors elle dit : « Je veux devenir plate,
Je veux devenir svelte comme une chatte.
Je me priverai de dîner
Pour mieux me ratatiner ! »
Mais la pêche passa,
La belle pêche bien mûre,
Et tante Éponge devint plus plate que nature !

– Charmant, dit mademoiselle l'araignée. Maintenant, vite, une chanson sur tante Piquette.
– Avec joie, répondit en riant le mille-pattes.

Tante Piquette était mince comme un fil
Et sèche comme un os rongé.
Aussi longue, aussi décharnée
Qu'un vieux tisonnier rouillé.

« Il faut que j'engraisse
Et en vitesse !
Il faut que je mange des tas et des tas
De gâteaux, de petits-fours, de chocolats,
Pour m'arrondir comme un ballon ! »

« Oui, dit-elle, je fais serment
De me métamorphoser dès ce soir ! »
« Cela sera, dit la pêche, et bien avant.
Je m'en charge moi-même, à ma façon. »
Sur ce, elle la repassa comme un mouchoir
Au beau milieu du gazon !

Tous applaudirent et réclamèrent d'autres couplets au mille-pattes. Celui-ci entonna alors sa chanson favorite :

Il y a bien longtemps
Quand les porcs étaient des cochons
Quand les singes mangeaient du tabac
Quand les poules éternuaient jaune
Pour se donner du courage

Quand les canards chantaient des cantiques
Quand nos cousins les porcs-épics
Buvaient du vin flamboyant
Quand nos cousines les biques
Se bourraient de tapioca
Quand la...

– Attention, mille-pattes ! s'écria alors James. Attention !

26

Le mille-pattes, qui, tout en chantant, s'était mis à danser sur le pont comme un forcené, venait de glisser. Il s'était trop approché du rebord de la pêche. Pendant trois secondes, il s'y tint en équilibre en gigotant de toutes ses quarante-deux pattes. Mais avant même que quiconque ne pût l'attraper, il tomba dans le vide en poussant un long cri d'effroi. Les autres, qui s'étaient précipités vers le rebord pour le suivre des yeux, virent son pauvre corps dégingandé culbuter dans l'air et devenir de plus en plus petit avant de disparaître complètement.

– Ver à soie ! cria James. Vite ! Du fil !

Le ver à soie poussa un long soupir. Il était encore très fatigué. Mais il se mit au travail.

– Je vais le chercher ! cria James.

Et il descendit à mesure que le fil sortait du corps du ver à soie, le bout de ce fil attaché à la taille.

– Quant à vous, dit-il aux autres, attrapez le ver à

soie et tenez-le bien fort pour que je ne l'entraîne pas avec moi. Et plus tard, quand j'aurai tiré trois fois sur la corde, remontez-moi !

Et il plongea dans le vide, à la recherche du mille-pattes. Il descendait, il descendait, s'approchant du niveau de la mer, et vous imaginerez sans peine combien le ver à soie devait travailler vite pour le suivre dans sa descente.

– Nous ne les reverrons plus ni l'un ni l'autre ! gémit la coccinelle. Oh ! mon Dieu, mon Dieu ! Et dire que nous étions si heureux !

L'araignée, le ver luisant et la coccinelle se mirent à pleurer, ainsi que le ver de terre.

– Je ne regrette pas du tout le mille-pattes, sanglota ce dernier. Mais le petit James, je l'aimais bien !

Le vieux grillon des champs se mit à jouer en sourdine une marche funèbre sur son violon et, à la fin, tout le monde y compris lui-même nageait dans des torrents de larmes.

Soudain on tira trois coups sur le fil.

– Remontez-le ! hurla le vieux grillon des champs. Que tout le monde se mette derrière moi. Et tirez fort !

Il y avait plus d'un kilomètre de fil à ramener. Ils y allèrent de toutes leurs forces jusqu'au moment où ils virent apparaître un James tout ruisselant d'eau, flanqué d'un mille-pattes non moins ruisselant qui s'agrippait à lui de toutes ses quarante-deux pattes.

– Il m'a sauvé la vie ! fit entre deux hoquets le

mille-pattes. Pour me retrouver, il a dû explorer tout l'océan !

– Toutes mes félicitations, mon petit ! dit le vieux grillon des champs en donnant des tapes amicales dans le dos de James.

– Mes bottines ! cria le mille-pattes. Mes précieuses bottines ! Regardez ce qu'elles sont devenues !

– Tais-toi ! dit le ver de terre. Remercie le ciel d'avoir la vie sauve.

– Est-ce que nous montons toujours ? demanda James.

– Sans aucun doute, répondit le vieux grillon des champs. Et la nuit tombe.

– Je sais. Bientôt il fera noir comme dans un four.

– Si nous descendions tous dans le tunnel pour passer la nuit bien au chaud ? suggéra mademoiselle l'araignée.

– Non, dit le vieux grillon des champs. Ce ne serait pas raisonnable. Restons ici. Ainsi, quoi qu'il arrive, nous serons prêts à nous défendre.

27

James Henry Trotter et ses amis demeurèrent donc accroupis en haut de la pêche tandis que la nuit s'épaississait autour d'eux. Des nuages gros comme des montagnes accoururent de toutes parts, mystérieux, menaçants, impérieux. Enfin une lune blanche, presque pleine, apparut au-dessus des nuages pour éclairer l'étrange paysage de sa lumière blafarde. La pêche géante se balançait doucement au bout de ses fils multiples qui brillaient au clair de lune d'un bel éclat argenté. Les mouettes, elles aussi, étaient comme inondées d'argent.

Et quel silence ! Cette pêche n'avait rien de commun avec un avion. L'avion, lui, traverse l'espace avec un bruit de tonnerre. À son approche, les nuages s'enfuient en emportant tous leurs secrets. C'est pourquoi les gens qui voyagent en avion ne voient jamais rien.

Mais la pêche, voyageuse patiente et discrète, planait sans bruit. Et, au cours de cette longue nuit au-dessus de l'océan qui étincelait au clair de lune, James et ses amis devaient voir des choses que personne n'avait jamais vues auparavant.

C'est ainsi qu'à l'approche d'un énorme nuage tout blanc, ils virent au sommet de ce nuage un groupe de formes étrangement cylindriques, à peu près deux fois plus grandes que des hommes. Ces formes, qui étaient presque aussi blanches que le nuage lui-même, paraissaient vagues à première vue, mais ensuite, plus de doute : c'étaient bien des créatures vivantes – blanches, spectrales et cylindriques. Elles semblaient faites d'un mélange de coton, de sirop d'orgeat et de longs et fins cheveux blancs.

– Ooooooooooooh ! dit la coccinelle. Ils n'ont rien de rassurant !

– Chut ! répondit James. Ne parlez pas si fort ! Ce sont sûrement des Nuageois !

– Des Nuageois ! Oh ! mon Dieu ! murmurèrent ses compagnons en se serrant les uns contre les autres pour plus de sécurité.

– Je suis content d'être aveugle, dit le ver de terre, sans cela je pousserais des cris d'épouvante.

– J'espère que nous passerons inaperçus, balbutia mademoiselle l'araignée.

– Est-ce qu'ils vont nous manger ? demanda le ver de terre.

– C'est toi qu'ils mangeront, répondit le mille-pattes en ricanant. Ils te couperont en rondelles comme du saucisson, puis ils t'avaleront.

Le pauvre ver de terre se mit à trembler de tout son corps.

– Mais qu'est-ce qu'ils font ? demanda à voix basse le vieux grillon des champs.

– Je n'en sais rien, dit James. Nous le verrons tout à l'heure.

Les Nuageois assemblés en groupe faisaient des gestes étranges avec leurs mains. Pour commencer, ils étendirent les bras, tous en même temps, comme pour cueillir quelque chose dans les nuages. Puis ils roulèrent entre les doigts ce qu'ils venaient de cueillir pour en faire de grosses billes blanches. Et ces billes, ils les posaient pour en pétrir d'autres.

Tout cela se déroulait dans le plus profond silence, dans le plus grand mystère. À côté d'eux, les tas de billes grandissaient à vue d'œil. Bientôt il y en eut de quoi remplir des camions.

– Mais ils sont complètement fous ! dit le mille-pattes. Nous n'avons rien à craindre d'eux !

– Tais-toi, vermine ! siffla le ver de terre. Veux-tu qu'ils nous croquent tous ?

Mais les Nuageois étaient bien trop occupés à rouler leurs billes pour voir la grosse pêche qui passait en silence.

Enfin, l'un des Nuageois leva un long bras cylindrique et les passagers de la pêche l'entendirent crier :

– Ça suffit, les gars ! À vos pelles maintenant !

Alors les autres Nuageois se mirent à pousser des cris de joie perçants et à sautiller en jetant les bras en l'air. Puis ils se munirent de grandes pelles, attaquèrent les tas de billes pour en lancer d'énormes pelletées dans l'espace, par-dessus le rebord de leur nuage, tout en chantant :

Tombez, tombez,
Neiges et grêlons !
Rhumes et frissons !

– Des grêlons ! chuchota James tout excité. Ils ont fabriqué des grêlons et maintenant ils les envoient sur la terre !

– Des grêlons ? dit le mille-pattes. C'est ridicule ! Nous sommes en plein été.

– C'est peut-être une manœuvre, dit James.

– Je n'y crois pas ! dit le mille-pattes.

– Pssst ! firent les autres.

Et James dit à voix basse :

– Je t'en supplie, mille-pattes, fais un peu moins de bruit.

Mais le mille-pattes éclata de rire.

– Puisque ces imbéciles n'entendent rien ! criat-il. Ils sont sourds comme des pots ! Regardez !

Et, avant que quiconque ait pu l'en empêcher, il mit ses pattes de devant en entonnoir devant sa bouche et cria de toutes ses forces :

– Idiots ! Crétins ! Bêtas ! Andouilles ! Abrutis !
Qu'est-ce que vous fabriquez là ?

Le résultat ne se fit pas attendre. Les Nuageois
sursautèrent comme piqués par une guêpe. Et lorsqu'ils virent passer l'énorme pêche dorée, ils poussèrent des cris de stupeur et laissèrent tomber leurs
pelles. Debout, inondés de clair de lune, immobiles
comme des statues chevelues, ils avaient tous le
regard fixé sur le fruit gigantesque qui passait dans
le ciel.

Tous les passagers, à l'exception du mille-pattes, étaient figés de terreur.

– C'est ta faute, répugnant individu ! lança le ver de terre au mille-pattes.

– Ils ne me font pas peur ! hurla le mille-pattes.

Et, pour donner plus de poids à ses mots, il se dressa de toute sa longueur et fit en dansant des pieds de nez et d'autres signes injurieux aux Nuageois, de toutes ses quarante-deux pattes.

Ce qui ne tarda pas à mettre en fureur les Nuageois. Ils se mirent à bombarder la pêche à coups de grêlons tout en poussant des cris féroces.

– Couchez-vous ! cria James. Vite ! À plat ventre ! Et ne bougez pas !

Heureusement, ils obéirent. Des grêlons de cette taille, c'est aussi lourd et aussi meurtrier que du plomb, à condition d'être lancé correctement – et, mon Dieu, comme ils visaient bien, ces Nuageois ! Les grêlons sifflaient dans l'air comme des boulets de canon et James put entendre le bruit qu'ils faisaient en heurtant le flanc de la pêche, en s'enfonçant dans sa chair – quel horrible vacarme ! Puis ils vinrent s'abattre sur la carapace de la pauvre coccinelle, qui, elle, ne pouvait pas s'aplatir comme les autres. Et puis, « crac ! » l'un d'eux atteignit le mille-pattes en plein nez, puis un autre le frappa ailleurs.

– Aïe ! cria-t-il. Aïe ! Arrêtez ! Arrêtez !

Mais les Nuageois n'avaient nulle envie d'arrêter. Pleins de rage, pareils à un troupeau de fantômes chevelus, ils ramassèrent de nouveaux grêlons, d'énormes grêlons, pour viser la pêche.

– Vite ! cria James. Engouffrez-vous dans le tunnel ! Sinon ils vont tous nous dégommer !

Et ce fut la ruée vers l'entrée du tunnel. Au bout de quelques secondes, tout le monde était en sécurité dans le noyau de la pêche, bien que tremblant encore de peur. Dehors, le tintamarre continuait.

– Je suis une épave ! gémit le mille-pattes. Je ne suis que plaies et bosses.

– C'est bien fait ! lança le ver de terre.

– Est-ce que quelqu'un pourrait voir si ma cuirasse est ébréchée ? demanda la coccinelle.

– De la lumière ! hurla le vieux grillon des champs.

– Impossible ! geignit le ver luisant. Ils ont cassé mon ampoule !

– Change-la ! dit le mille-pattes.

– Taisez-vous une seconde, dit James. Écoutez ! Je crois qu'ils ont cessé leurs manœuvres !

Ils se turent et tendirent l'oreille. Plus rien. Le silence. Les grêlons avaient cessé de malmener la pêche.

– C'est fini !

– Les mouettes nous ont tirés de là !

– Hourra ! Montons voir !

James monta le premier. Il quitta le tunnel avec précaution, sortit la tête et examina le terrain.

– Tout est désert ! cria-t-il. Plus un seul Nuageois en vue !

28

Un à un, les voyageurs quittèrent le tunnel en clignant des yeux, l'air mal assuré. La lune brillait toujours de tout son éclat sur les hauts massifs de nuages. Mais les Nuageois avaient disparu.

– La pêche a une fuite ! s'écria le vieux grillon des champs, qui s'était mis à examiner le fruit géant. Elle est pleine de trous et le jus coule de partout !

– Qu'est-ce que je vous disais ! cria le ver de terre. Nous allons sûrement nous noyer !

– Ne sois pas idiot ! dit le mille-pattes. Nous ne sommes pas encore à l'eau !

– Oh ! regardez ! s'écria la coccinelle. Là-bas !

Tout le monde tourna la tête.

Au loin, face à la pêche, ils virent alors quelque chose de tout à fait extraordinaire : une sorte d'arc gigantesque dont les deux extrémités reposaient sur un vaste nuage plat aussi étendu qu'un désert.

– Voyons, qu'est-ce que c'est encore ? demanda James.

– C'est un pont !

– C'est un cerceau géant coupé en deux !

– C'est un fer à cheval géant qu'on a mis sens dessus dessous !

– Dites-moi que je me trompe, murmura le mille-pattes en blêmissant, mais n'y a-t-il pas des tas de Nuageois là-dessus ?

Il y eut un horrible silence et la pêche poursuivit son chemin.

– Ce sont bien des Nuageois !

– Des Nuageois par centaines !

– Par milliers !

– Par millions !

– Je ne veux rien entendre ! glapit le pauvre ver de terre qui, comme tout le monde le savait, était aveugle. J'aimerais mieux encore me balancer au bout d'un hameçon que d'affronter une nouvelle fois ces monstres effroyables !

– J'aime mieux être frit à l'huile et avalé par un Mexicain ! soupira le vieux grillon des champs.

– Du calme, mes amis, dit James. C'est notre seule chance.

Ils demeurèrent accroupis sur le pont de la pêche sans quitter des yeux les fantômes chevelus. La surface du nuage en grouillait. Et ils étaient plus nombreux encore en haut de cet arc démesuré et énigmatique.

– Mais qu'est-ce que c'est que cette histoire ? fit la coccinelle. Qu'est-ce qu'ils font encore ?

– Je m'en moque ! dit le mille-pattes en se dirigeant vers l'entrée du tunnel. Moi je me sauve !

Mais les autres étaient trop effrayés ou peut-être trop fascinés pour faire un geste.

– Tiens, j'ai trouvé ! dit James.

– Alors ?

– Ce grand arc, on dirait qu'ils sont en train de le repeindre ! Ils ont des pots de peinture et des brosses, vous les voyez ?

Il ne se trompait pas. À présent, ils étaient assez près pour discerner ce que faisaient les Nuageois. Munis de gros pinceaux, ils répandaient de la peinture sur la voûte majestueuse de l'arc. Mais comme ils travaillaient vite ! Au bout de quelques minutes à peine, tout l'arc était couvert de couleurs éclatantes. Il y avait de tout. Du rouge, du bleu, du vert, du jaune, du violet.

– C'est un arc-en-ciel ! crièrent-ils tous en même temps.

– Comme il est beau !

– Quelles couleurs magnifiques !

– Mille-pattes ! crièrent-ils. Monte ! Il faut que tu voies ça !

Dans leur enthousiasme, ils avaient oublié de parler bas. Le mille-pattes passa précautionneusement la tête par l'ouverture du tunnel.

– Tiens, tiens, tiens, dit-il. J'ai toujours eu envie de connaître leurs secrets de fabrication. Mais tous ces cordons, à quoi servent-ils ?

– Bon Dieu, ils le poussent en avant ! cria James. Ça y est ! Ils vont le lâcher ! Ils vont le faire descendre sur la terre !

– Et si je ne m'abuse, nous allons nous y cogner ! dit le mille-pattes.

– Tiens, il a raison ! s'exclama le vieux grillon des champs.

Maintenant l'arc-en-ciel se balançait au-dessous du nuage. Et la pêche, elle, allait à sa rencontre.

– Nous sommes perdus ! cria mademoiselle l'araignée en se tordant les pattes. C'est la fin de tout !

– Je n'en peux plus ! gémit le ver de terre. Que se passe-t-il ?

– Nous allons le manquer ! hurla la coccinelle.

– Mais non !

– Mais si !

– Oh ! juste ciel !

– Attention, tout le monde ! cria James.

Et soudain il y eut une secousse formidable suivie d'un bruit de tonnerre. La pêche venait de traverser la partie supérieure de l'arc-en-ciel. Celui-ci se fendit aussitôt en deux.

Puis il arriva une chose extrêmement fâcheuse. Les cordes qui avaient servi aux Nuageois pour faire descendre l'arc-en-ciel s'embrouillèrent dans les fils de soie qui reliaient la pêche au vol de mouettes ! La pêche était prisonnière ! Tous les voyageurs furent pris de panique. En levant les yeux, James Henry Trotter vit des milliers de visages de Nuageois en

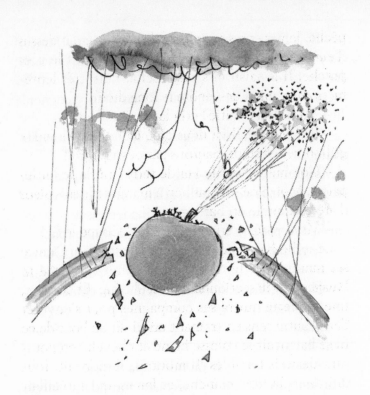

fureur, penchés par-dessus le rebord de leur nuage. Ces visages étaient presque sans contours à cause de leurs longues barbes blanches. Ils n'avaient ni nez ni bouche ni oreilles ni menton, rien que des yeux, de petits yeux noirs qui clignaient avec malveillance sous les longues crinières blanches.

Puis vint l'instant le plus épouvantable de tous. L'un des Nuageois, un colosse mesurant au moins trois mètres, se dressa soudain, puis il fit un bond furieux, tentant d'attraper un des fils qui supportaient la pêche. James et ses amis le virent s'envoler au-dessus d'eux, les bras tendus en avant, vers le fil le plus proche. Il le saisit et s'y accrocha. Puis, très lentement, il se mit à descendre le long du fil.

– Au secours ! Pitié ! cria la coccinelle.

– Il descend ! Il va nous croquer ! gémit le vieux grillon des champs. Sautons par-dessus bord !

– Commence par le ver de terre ! hurla le mille-pattes. Moi je ne suis pas bon à manger ! Je suis plein d'arêtes comme un hareng !

– Mille-pattes ! cria James. Vite ! Coupe le fil !

Le mille-pattes se précipita sur la tige, prit entre ses mandibules le fil de soie où était accroché le Nuageois et le sectionna d'un seul coup. Et aussitôt, une mouette quitta ses compagnes pour s'envoler dans l'autre sens en traînant un fil. Et au bout de ce fil se balançait le colosse blanc et chevelu, en poussant des cris terribles. Il montait, il montait, tout droit vers la lune blanche, et James, qui surveillait avec joie son ascension, conclut :

– Il ne doit pas peser bien lourd puisqu'une seule mouette suffit pour le soulever ! Il doit être en papier !

Quant aux autres Nuageois, ils étaient si bouleversés par ce qui venait de se produire qu'ils lâchèrent les cordons, et l'arc-en-ciel coupé en deux leur échappa. Il descendit à toute vitesse vers la Terre lointaine. Cela permit à la pêche de poursuivre sa course et de s'éloigner du sinistre nuage.

Mais nos voyageurs n'étaient toujours pas en sécurité. Les Nuageois, fort irrités par ce qui venait de se passer, les poursuivirent en les bombardant impitoyablement de toutes sortes d'objets lourds et meurtriers. Des pots de peinture vides, des brosses, des escabeaux, des tabourets, des soupières, des poêles à frire, des œufs pourris, des rats morts, des bouteilles de brillantine, tout ce qu'ils avaient sous la main.

Les projectiles improvisés pleuvaient sur la pauvre pêche. Enfin, l'un des Nuageois lança un bidon plein de peinture violette à la tête du mille-pattes.

Celui-ci se mit à hurler :

– Mes pattes ! Elles sont toutes collées les unes aux autres ! Je ne peux plus marcher ! Et mes yeux ! Je ne peux plus les ouvrir ! Je ne vois plus clair ! Et mes bottines ! Mes pauvres bottines !

Mais tout le monde était trop occupé à se défendre contre les objets qui s'abattaient sur la pêche pour prêter attention aux souffrances du mille-pattes.

– La peinture sèche ! se lamenta-t-il. Elle durcit ! Je ne peux plus bouger les pattes ! Je suis paralysé !

– Tu remues encore très bien ta langue, dit le ver de terre, et c'est bien dommage.

– James ! brailla le mille-pattes. Aide-moi ! Ôte cette peinture ! Gratte-la ! Fais n'importe quoi, mais sauve-moi !

29

Les mouettes mirent longtemps à entraîner la pêche loin de l'horrible nuage à l'arc-en-ciel. Enfin, lorsque celui-ci eut disparu à l'horizon, tout le monde se pencha sur l'infortuné mille-pattes. Que faire pour enlever la couche de peinture qui le couvrait tout entier ?

Il était vraiment pittoresque à voir, le mille-pattes ! Violet de la tête aux pieds. Et, maintenant que la peinture commençait à sécher et à durcir, il était forcé de se tenir tout raide, comme s'il était plâtré ou cimenté. Ses quarante-deux pattes étaient figées comme des baguettes. Il tenta de parler, mais ses lèvres ne bougeaient plus. Il ne put sortir que de vagues sons gutturaux.

Le vieux grillon des champs lui toucha l'estomac avec précaution :

— Comment se fait-il que cette peinture soit déjà sèche ? demanda-t-il.

— C'est de la peinture à arc-en-ciel, répondit James. Ça sèche très vite et c'est très dur.

– J'ai horreur de la peinture, déclara mademoiselle l'araignée. La peinture, ça me fait penser à tante Piquette, je veux dire feue tante Piquette. Parce que, la dernière fois qu'elle repeignait le plafond de sa cuisine, ma pauvre grand-mère s'y est aventurée par erreur, alors que la peinture collait encore. Elle ne devait jamais en sortir. Toute la nuit, elle a appelé au secours, ça nous brisait le cœur de l'entendre. Mais avant le lendemain, rien à faire. Le lendemain, la peinture était sèche. Naturellement, nous nous sommes tous précipités pour la réconforter et pour lui donner à manger. Et, me croirez-vous ? Elle a vécu ainsi pendant six mois. Immobile, la tête en bas, les pattes collées au plafond. Tous les jours nous lui apportions de la nourriture. Des mouches toutes fraîches, encore chaudes. Mais, le 26 avril dernier,

tante Éponge – pardon, feue tante Éponge – devait jeter un regard au plafond, comme ça, par hasard. « Une araignée ! a-t-elle dit. Quelle horreur ! Vite ! Un balai à franges ! » Et puis, oh ! c'était si horrible que je n'ose même plus y penser…

Mademoiselle l'araignée écrasa une larme et regarda tristement le mille-pattes.

– Mon pauvre ami, murmura-t-elle. Comme je te plains.

– C'est sans espoir, déclara le ver de terre. Notre mille-pattes ne bougera plus jamais. Il sera changé en statue. Nous l'installerons au milieu d'une pelouse avec une cuvette sur la tête.

– Nous pourrions peut-être le peler comme une banane, suggéra le vieux grillon des champs.

– Ou le frotter avec du papier de verre, dit la coccinelle.

– S'il arrivait à tirer la langue, dit le ver de terre en souriant, en souriant peut-être pour la première fois de sa vie, s'il la tirait aussi longue qu'il peut, nous l'attraperions tous en même temps, de toutes nos forces. Nous arriverions à le retourner comme un gant et il ferait peau neuve !

Le silence qui suivit permit aux autres de peser le pour et le contre de cette proposition si intéressante.

– Je pense, dit doucement James, je pense qu'il vaudrait mieux… mais il s'interrompit. Qu'est-ce que c'est ? fit-il. J'ai entendu une voix ! J'ai entendu crier quelqu'un !

30

Tout le monde tendit l'oreille.

– Pssst ! La revoici !

La voix venait de loin. Impossible de comprendre ce qu'elle disait.

– Ce sont encore ces diables de Nuageois, j'en suis sûre ! s'écria mademoiselle l'araignée.

– Ça vient d'en haut ! dit le ver de terre.

Et, machinalement, tout le monde leva la tête. Tout le monde à l'exception du mille-pattes qui ne pouvait pas bouger.

– Au secours ! crièrent-ils. À nous ! Cette fois-ci, nous l'aurons !

Au-dessus de leurs têtes tourbillonnait et dansait un gros nuage noir qui ne promettait rien de bon. Et ce nuage d'aspect si redoutable se mit aussitôt à grogner et à rugir comme une bête féroce. Puis ils réentendirent la voix de tout à l'heure, mais cette fois-ci, elle était bien claire et distincte.

– Ouvrez les robinets ! cria-t-elle. Ouvrez les robinets !

Trois secondes plus tard, le nuage se fendit et se déchira comme un sac de papier. Puis ce fut la douche. Des torrents d'eau ! Pas une pluie qui tombe goutte à goutte. Pas du tout. Des masses d'eau. Une sorte d'océan craché par le ciel. Sur leurs têtes. Et ça tombait, ça tombait avec fracas, sur les mouettes d'abord, puis sur la pêche elle-même. Et les passagers, pris de panique, tournaient en rond, s'accrochant à n'importe quoi. À la tige. À un fil de soie. Et l'eau descendait toujours, grondante, rugissante, avec des bruits de tonnerre et des forces herculéennes. Assourdissante. Écrasante. On aurait dit les chutes d'eau les plus gigantesques de tout l'univers. Interminables et fatales. Impossible de parler. Impossible d'y voir clair. Impossible de respirer. James Henry Trotter, cramponné à un fil de soie, se dit que c'était là sûrement la fin de toutes choses. Mais soudain, aussi brusquement qu'il était venu, le déluge cessa. La pêche était sortie du nuage. Les mouettes l'avaient traversé, les courageuses, les merveilleuses mouettes ! Et, de nouveau, la pêche naviguait, saine et sauve, au clair de lune.

— Je suis trempé, dit en grelottant le vieux grillon des champs.

Et il cracha des litres d'eau.

— J'ai toujours cru que ma peau était imperméable, se lamenta le ver de terre, mais voilà, elle ne l'est pas, je suis tout imbibé d'eau !

— Regardez-moi, regardez-moi ! hurla le mille-

pattes, tout excité. Je suis propre ! La peinture est partie ! Je peux bouger !

– Mauvaise nouvelle, dit le ver de terre.

Et le mille-pattes se mit à danser, à faire des cabrioles. Puis il chanta :

Vive la pluie, vive la tempête !
Je suis guéri, ma joie est complète !
Je redeviens, oui c'est possible,
Le plus glorieux
Des insectes nuisibles !

– Veux-tu te taire ! dit le vieux grillon des champs.
– Mais regardez-moi donc ! cria le mille-pattes.

Pas une fêlure, pas un bouton !
J'ai frôlé la mort, l'enfer, le poison !
Mais me voilà remis à neuf !
Immortel, fort comme un bœuf,
Ressuscité, indestructible,
Le roi des insectes nuisibles !

31

– Comme nous allons vite, tout à coup, dit la coccinelle. Je me demande pourquoi.

– Les mouettes sont sûrement aussi pressées que nous de quitter cet endroit, dit James.

Les mouettes volaient de plus en plus vite. Blancs et fantasques au clair de lune, les nuages passaient un à un. Plusieurs d'entre eux étaient habités de Nuageois occupés à exercer leur sinistre magie sur les Terriens.

Nos voyageurs passèrent devant une machine à faire de la neige. Les Nuageois tournaient la manivelle et des tourbillons de flocons blancs s'envolaient par une grande cheminée. Ils virent aussi la machine à tonnerre, une sorte de grosse caisse que les Nuageois accablaient de furieux coups de marteau. Ils aperçurent les manufactures de givre, toute l'industrie du vent, les endroits où l'on fabrique les cyclones et les tornades avant de les envoyer sur la Terre. Et une fois, tout au fond d'un gros nuage sinueux, ils découvrirent quelque chose qui ne pouvait être qu'une ville-nuage. Cette ville était pleine de cavernes et, à l'entrée de ces cavernes, les Nuageoises étaient accroupies devant leurs fourneaux, une poêle à frire à la main. Elles préparaient le déjeuner de leurs maris : des croquettes de boules de neige. Et des centaines de tout petits Nuageois s'amusaient dans tous les creux et sur toutes les bosses de leur nuage. Ils faisaient de la luge sur les pentes neigeuses en poussant des cris, en riant comme les enfants du monde entier.

Une heure plus tard, peu avant le petit jour, les voyageurs entendirent un doux frôlement au-dessus de leurs têtes. Ils levèrent les yeux et virent une sorte de chauve-souris géante qui voletait au-dessus de la pêche en battant lentement des ailes au clair de lune, les yeux fixés sur les passagers. Puis elle poussa toute une gamme de cris mélancoliques avant de disparaître dans la nuit.

– Oh ! si seulement cette nuit pouvait finir ! dit en frissonnant mademoiselle l'araignée.

– Patience, répondit James. Regardez ! Le jour se lève.

Ils attendirent en silence, les regards fixés sur l'horizon tout rose, l'arrivée d'un jour nouveau.

32

Puis le soleil se leva. Les voyageurs étirèrent leurs corps engourdis et endoloris. Soudain, le mille-pattes, qui était toujours le premier à voir les choses, s'écria :

– Regardez ! La Terre !

– Mais c'est vrai ! crièrent les autres.

Ils se précipitèrent vers le rebord de la pêche en poussant des cris de joie.

– On dirait des rues et des maisons !

– Mais comme tout ça est grand !

Tout en bas, une immense cité s'étalait au soleil matinal. Vues de si loin, les voitures ressemblaient à des scarabées et les gens qui marchaient dans les rues n'étaient pas plus grands que des grains de sable.

– Quelles maisons ! s'étonna la coccinelle. Je n'en ai jamais vu de si grandes chez nous, en Angleterre. Quelle peut bien être cette ville ?

– Ce n'est certainement pas une ville d'Angle-terre, dit le vieux grillon des champs.

– Alors qu'est-ce que c'est ? demanda mademoiselle l'araignée.

– Savez-vous ce que c'est que ces grandes maisons ? cria James, tout ému. Ce sont des gratte-ciel ! Ce ne peut être que l'Amérique ! Et tout cela signifie, mes amis, que nous avons traversé l'Atlantique en une seule nuit !

– Tu plaisantes ! crièrent ses compagnons.

– Ce n'est pas possible !

– C'est incroyable, inimaginable !

– J'ai toujours rêvé d'aller en Amérique ! s'écria le mille-pattes. Un jour, un de mes amis...

– Tais-toi ! dit le ver de terre. Ton ami n'intéresse personne. Ce qui nous intéresse, nous, c'est de pouvoir atterrir quelque part !

– Adresse-toi à James, dit la coccinelle.

– Ce ne doit pas être trop difficile, dit James. Nous n'avons qu'à couper quelques fils, c'est-à-dire lâcher quelques mouettes. Juste assez pour que les autres nous supportent encore. Alors nous descendrons tout doucement jusqu'à ce que nous touchions le sol. Mille-pattes, veux-tu couper quelques fils ?

33

En bas, dans la grande cité de New York, tout le monde fut pris de panique. Une énorme boule, aussi grande qu'une maison, avait été aperçue dans le ciel, juste au-dessus de Manhattan. Déjà le bruit courait qu'il s'agissait d'une redoutable bombe envoyée par une puissance étrangère pour réduire en cendres toute la cité. Toutes les sirènes se mirent à hurler. Tous les programmes de la radio et de la télévision furent interrompus. La population était invitée à gagner immédiatement les abris souterrains. Un million de paisibles promeneurs levèrent les yeux au ciel et virent l'engin monstrueux, prêt à s'abattre sur eux. Alors ils se mirent tous à courir vers la bouche de métro la plus proche. Les généraux se précipitèrent à leurs téléphones et donnèrent des ordres à tort et à travers. Le maire de New York appela le président des États-Unis à Washington pour lui demander de l'aide. Le président, en train de prendre son petit

déjeuner en pyjama, repoussa son plateau chargé de biscuits et de confitures pour appuyer sur toutes sortes de boutons, à gauche et à droite, afin de convoquer tous ses généraux et tous ses amiraux. Et partout sur l'immense territoire d'Amérique, dans tous les cinquante États, de l'Alaska à la Floride, de la Pennsylvanie aux îles Hawaii, on sonna l'alerte en annonçant que la plus grosse bombe de tous les temps planait au-dessus de New York, prête à exploser.

– Vas-y, mille-pattes, coupe-nous le premier fil, ordonna James.

Et le mille-pattes prit entre ses mandibules l'un des fils de soie et le mordit de toutes ses forces. Et aussitôt, une mouette se détacha du peloton et disparut dans le ciel, mais celle-ci n'emportait pas le moindre Nuageois en furie.

– Coupes-en un autre, ordonna James.

Et le mille-pattes coupa un autre fil.

– Est-ce que nous descendons ?

– On le dirait.

– Mais non !

– N'oubliez pas que la pêche est bien plus légère maintenant qu'au départ, dit James. Elle a perdu pas mal de jus au moment du bombardement. Vas-y, mille-pattes, coupes-en d'autres !

– C'est mieux !

– Ça y est !

– Cette fois-ci, nous descendons vraiment !

– Oui, c'est parfait ! Arrête, mille-pattes. Il ne faut

pas que la descente soit trop brusque ! Vas-y doucement !

Lentement, la grosse pêche se mit à descendre à la
rencontre des gratte-ciel et des rues de la grande cité.

– Croyez-vous que nous aurons notre photo dans
les journaux ? demanda la coccinelle.

– Mon Dieu, et moi qui ai oublié de cirer mes bottines ! s'écria le mille-pattes. Vite, aidez-moi ! Il faut
qu'elles brillent au moment de l'atterrissage !

– Zut ! dit le ver de terre. Ne peux-tu pas penser à
autre chose ?

Mais il ne devait jamais terminer sa phrase. Car
soudain… dans un bruit de tonnerre… un puissant
avion à quatre moteurs surgit d'un nuage et passa au-
dessus d'eux, à dix mètres à peine de leurs têtes.
C'était le courrier du matin, en provenance de Chi-
cago. En passant, il trancha tous les fils de soie en
même temps. Toutes les mouettes s'envolèrent, et la
pêche, que plus rien ne retenait, se mit à tomber
comme une masse de plomb.

– Au secours ! cria le mille-pattes.

– Sauvez-nous ! glapit l'araignée.

– Nous sommes perdus ! dit la coccinelle.

– C'est fini ! hurla le vieux grillon des champs.

– James ! cria le ver de terre. Fais quelque chose !
Vite, sauve-nous !

– Impossible ! répondit James. C'est sans espoir, je
suis désolé ! Adieu ! Fermez les yeux, ce ne sera pas
long !

35

Et la pêche continua de dégringoler. Les passagers s'accrochaient désespérément à la tige pour ne pas être projetés dans l'espace.

Dans sa chute accélérée, elle approchait de plus en plus des toits et des rues où, dans un instant, elle allait fatalement s'écraser et éclater en mille morceaux. Et tout le long de la Cinquième Avenue, de Madison Avenue, et de toutes les autres rues de la grande ville, les gens qui n'avaient pas encore gagné les bouches de métro levèrent les yeux au ciel et la virent qui descendait à toute allure. Frappés de stupeur, ils crurent que la plus énorme de toutes les bombes était en train de tomber du ciel pour s'écraser sur leurs têtes. Quelques femmes éclatèrent en sanglots, d'autres se mirent à genoux sur le trottoir pour prier tout haut. Des hommes échangèrent des regards ahuris et des propos comme : « Cette fois-ci, c'est la fin, Joe », et « Adieu, adieu, tout le monde. » Et pendant trente secondes, toute la ville, le souffle coupé, attendit la fin du monde.

– Adieu, coccinelle ! dit James dans un souffle, cramponné à la tige de la pêche qui tombait, qui tombait. Adieu, mille-pattes. Adieu, tout le monde !

Encore quelques secondes, et ils allaient s'écraser sur les gratte-ciel qui se dressaient comme des bras tendus. La plupart d'entre eux avaient le toit plat, mais le plus haut de tous se terminait en pointe, une longue pointe aiguë comme une gigantesque épingle enfoncée dans le ciel.

Et c'est précisément sur la pointe de cette épingle que devait tomber la pêche !

Le sirop gicla. La pointe pénétra profondément dans la pêche. Et soudain – oh ! la glorieuse image ! – on put voir la pêche géante perchée au pinacle de l'Empire State Building.

37

Quel spectacle fascinant ! Au bout de deux ou trois minutes, les passants comprirent que ce ne pouvait pas être une bombe. Ils sortirent par milliers des bouches de métro, les yeux levés au ciel. Les rues, tout autour du plus haut gratte-ciel de New York, étaient noires d'hommes, de femmes et d'enfants. Alors quelqu'un laissa entendre qu'il y avait des êtres vivants sur la grosse boule dorée. Et aussitôt tout le monde se mit à pousser des hurlements.

– Une soucoupe volante !

– Ils viennent d'une autre planète !

– Ce sont des Martiens !

– Ou peut-être des habitants de la Lune !

Un passant muni d'une paire de jumelles s'écria :

– Ils m'ont l'air drôlement bizarres, les cocos !

Les cars de police et les sapeurs-pompiers arrivèrent de tous les coins de la ville pour s'arrêter à proximité de l'Empire State Building.

Deux cents sapeurs-pompiers et six cents agents de police s'engouffrèrent dans l'ascenseur, qui les conduisit au dernier étage. Ils envahirent la plate-forme réservée habituellement aux touristes.

Tous les agents de police avaient le doigt sur la détente de leurs mitraillettes. Les pompiers empoignèrent leurs lances. Mais, comme ils se tenaient tous à l'ombre de la pêche, il leur était difficile d'apercevoir les passagers.

– Hé, là-haut ! hurla le chef de la police. Sortez pour qu'on vous voie !

Soudain la grosse tête noire du mille-pattes apparut au rebord de la pêche. Avec ses yeux noirs, ronds comme des billes. Sa bouche se fendit et il sourit de toutes ses mandibules.

Comme il était d'une laideur monstrueuse, les agents de police et les pompiers se mirent à hurler en chœur.

– Prenez garde ! crièrent-ils. C'est un dragon !

– Mais non, ce n'est pas un dragon ! C'est un Wampoum !

– C'est une gorgone !

– C'est un serpent de mer !

– C'est un lunosaure !

– C'est un manticore !

Trois pompiers et cinq policiers s'évanouirent. On les emporta.

– C'est une joubarbosse ! cria le chef de la police.

– C'est une opotruche ! hurla le chef des sapeurs-pompiers.

Visiblement flatté, le mille-pattes souriait toujours à belles dents.

– Écoutez-moi ! cria le chef de police, les mains en porte-voix. Il faut que je sache d'où vous venez !

– Nous venons de loin ! répondit le mille-pattes en découvrant ses dents noires. Nous avons parcouru des milliers de kilomètres !

– Je vous l'avais bien dit ! s'écria triomphalement le chef de la police. Ce sont des Martiens !

– Ça ne fait aucun doute ! dit le chef des sapeurs-pompiers.

À cet instant, la grosse tête verte du grillon des champs apparut à côté de celle du mille-pattes. Il y eut six nouveaux évanouissements.

– Ça c'est un griffon ! hurla le chef des sapeurs-pompiers. J'en suis sûr !

– Vous voulez dire un basilic ! claironna le chef de la police. Reculez un peu, les gars ! Il peut nous sauter dessus à chaque instant !

– Qu'est-ce qu'ils racontent ? demanda le vieux grillon des champs au mille-pattes.

– Aucune idée, répondit le mille-pattes. Mais ils ont l'air plutôt embêté.

Puis ce fut au tour de mademoiselle l'araignée d'avancer sa sinistre face noire. Aux yeux d'un non-initié, c'était elle la plus terrifiante de tous.

– Seigneur ! hurla le chef des sapeurs-pompiers. Nous sommes finis ! C'est un scorpion géant !

– Si ce n'était que ça ! cria le chef de la police. C'est une tarentule vermicieuse ! Voyez sa face macabre !

– Une de celles qui avalent des hommes adultes pour leur goûter ? demanda, blanc comme un linge, le chef des sapeurs-pompiers.

– Je le crains, répondit le chef de la police.

– Messieurs, ne pourriez-vous pas m'aider à descendre ? cria alors mademoiselle l'araignée. J'ai le vertige !

163

– C'est sûrement un piège ! dit le chef des sapeurs-pompiers. Que personne ne bouge !

– Ils ont sûrement des armes spatiales ! grommela le chef de la police.

– Il faudrait entreprendre quelque chose ! s'affola le chef des sapeurs-pompiers. Dans la rue, la foule attend. Il ne faut pas la décevoir !

– Pourquoi ne montez-vous pas ? dit le chef de la police. Je resterai ici pour vous tenir l'échelle. Allez voir ce qui se passe là-haut !

– Merci beaucoup ! fit le chef des sapeurs-pompiers.

Bientôt sept énormes têtes plus biscornues les unes que les autres se penchaient par-dessus le rebord de la pêche. La tête du mille-pattes, la tête du vieux grillon des champs, celle de l'araignée, celle du ver de terre, celle de la coccinelle, sans oublier les têtes du ver à soie et du ver luisant. Les représentants de l'ordre public en étaient médusés.

Mais soudain, la panique fit place à la stupeur. Tout le monde eut le souffle coupé en voyant apparaître aux côtés de toutes ces créatures plus ou moins monstrueuses un petit garçon aux cheveux ébouriffés.

– Bonjour, tout le monde ! dit en riant le petit garçon.

Les représentants de l'ordre n'en croyaient pas leurs yeux.

– Tiens, tiens, tiens ! dit le chef des sapeurs-pompiers en devenant rouge comme une écrevisse. On dirait un petit garçon !

– N'ayez pas peur ! cria James. Nous sommes heureux d'être ici !

– Et tes amis ? demanda le chef de police. Ne sont-ils pas dangereux ?

– Pas le moins du monde ! répondit James. Ils sont plus gentils les uns que les autres ! Permettez-moi de faire les présentations. Puis vous serez tout à fait rassurés !

Voici mon ami le mille-pattes,
Que ses airs ne vous trompent pas !
Il est toujours d'humeur facile,
Si doux que la reine d'Espagne
L'a fait venir à la cour
pour chanter des berceuses
aux enfants royaux.
(« Rien d'étonnant, dit un pompier,
à ce que l'Espagne n'ait plus de roi ! »)

Voici mon ami le ver de terre,
C'est lui le roi des jardiniers.
Il creuse des souterrains incomparables
C'est un travailleur acharné
Et imbattable.
(Le ver de terre bomba le ventre
Et mademoiselle l'araignée
Applaudit à tout rompre.)

Mon ami le grillon des champs
Manie l'archet comme un grand,

Comme le plus grand des violonistes.
Qu'elle soit gaie, qu'elle soit triste,
Écoutez, messieurs, sa romance.
Vous en aurez les larmes aux yeux.
(Et le chef des flics de constater :
« Il n'est sûrement pas dangereux ! »)

Voici notre bon ver luisant,
Si génial et si pratique !
Collez-le au plafond
Ou dans n'importe quel coin,

Si vous êtes en panne d'électricité
Ou si vous aimez la simplicité.
(Les policiers crièrent en chœur :
« Il lui fait de la publicité ! »)

Et voici mademoiselle l'araignée,
Une vraie usine à ficelle,
Douce comme une gazelle,

Timide et farouche,
Elle n'a jamais fait de mal
À une mouche.
Et si ses regards vous font peur,
Dites-vous bien qu'elle porte bonheur.
(L'assistance approuva en chœur.)

Voici ma belle coccinelle
Si charmante et si fidèle
Elle a oublié chez elle

Ses mille et quatre cents enfants,
Mais la prochaine pêche disponible
Les amènera si possible.
(Les pompiers crièrent :
« Elle est irrésistible ! »)

Voici notre ver à soie,
Incomparable lui aussi
De Tombouctou à Tahiti.
Il habille nos oncles, nos tantes
De soie fine et chatoyante
La reine d'Angleterre lui doit
Sa robe de mariée
Et votre président, dit-on,
Son plus beau complet-veston.
(Les flics crièrent :
« Pourquoi attendre ?
Vite, vite ! Faites-les descendre ! »)

38

Cinq minutes plus tard, ils avaient quitté le sommet de la pêche. Tous étaient sains et saufs, et James raconta avec passion son histoire à un groupe de hauts fonctionnaires suffoqués.

À présent, ils étaient tous des héros ! On les escorta jusqu'aux marches de l'Hôtel de Ville et le maire de New York prononça un discours de bienvenue. Pendant ce temps, cent réparateurs de clocher munis de cordes, d'échelles et de poulies firent l'ascension de l'Empire State Building. Ils libérèrent la pêche géante et la firent descendre à terre.

Alors le maire s'écria :

– Nous allons organiser une parade en l'honneur de nos merveilleux invités !

On forma un grand cortège. Dans la voiture de tête (une énorme limousine découverte), on pouvait voir James entouré de tous ses amis.

Puis vint la pêche géante elle-même. À l'aide de toutes sortes de grues et de crémaillères, on l'avait hissée sur un très grand camion. Elle y trônait dans

toute sa splendeur et dans toute sa gloire. Bien sûr, elle avait un trou tout au fond, dû à la pointe du plus haut gratte-ciel de New York, mais personne ne s'en souciait. Ni de ce trou ni des ruisseaux de jus de pêche qui en coulaient et qui commençaient à inonder les rues.

La pêche était suivie de la limousine du maire, tout éclaboussée de jus de pêche. Et à la limousine du maire succédaient une vingtaine d'autres limousines transportant les gens d'importance.

Une foule surexcitée bordait les trottoirs. Les fenêtres des gratte-ciel étaient pleines de gens qui hurlaient de joie et qui applaudissaient très fort en lançant des serpentins et des confettis. James et ses amis, debout dans leur voiture, les saluaient au passage.

Puis il arriva une chose plutôt bizarre. Le cortège remontait lentement la Cinquième Avenue lorsque soudain une petite fille en robe rouge se détacha de la foule et cria :

– Oh ! James, James ! Est-ce que je peux manger un tout petit bout, rien qu'un tout petit bout de ta pêche merveilleuse ?

– Sers-toi ! répondit James. Manges-en tant que tu voudras ! Il faudra bien en finir un jour !

À peine avait-il dit ces mots qu'une cinquantaine d'enfants prirent d'assaut le cortège.

– Et nous ? Est-ce que nous pouvons en manger aussi ?

– Naturellement ! répondit James. La pêche est à tout le monde !

Les enfants bondirent sur le camion et grimpèrent sur la pêche géante comme des fourmis pour s'en donner à cœur joie. La nouvelle s'était vite répandue de rue en rue. Les petits garçons et les petites filles affluèrent de toutes parts pour ne pas manquer le festin. Bientôt la pêche fut escortée d'un kilomètre d'enfants, tout le long de la Cinquième Avenue. Spectacle incroyable et fantastique. Quant à James, qui n'avait jamais vu tant d'enfants ensemble, jamais, pas même en rêve, il était heureux comme un roi.

Et à la fin de la parade, il ne restait plus rien de la pêche. Rien qu'un énorme noyau brun, bien nettoyé par des milliers de petites langues gourmandes et affamées.

39

Et c'est ainsi que se termina la journée. Mais nos braves voyageurs devaient en connaître bien d'autres. Dans ce pays nouveau, ils allaient tous vivre heureux et faire fortune.

Le mille-pattes fut nommé sous-chef des ventes dans une fabrique de chaussures extrêmement distinguée.

Grâce à son teint de rose, le ver de terre fut employé par une agence de publicité qui vantait à la télévision des produits de beauté pour dames.

Le ver à soie et l'araignée, après avoir remplacé leurs fils de soie par des fils de nylon, s'étaient associés pour fournir des cordes extra-solides aux funambules.

Le ver luisant fut promu au poste de flambeau, tout en haut de la statue de la Liberté, évitant à une cité reconnaissante de payer chaque année une grosse note d'électricité.

Le vieux grillon des champs fut engagé par le plus

grand orchestre symphonique de New York. Il eut beaucoup de succès et d'innombrables admirateurs.

La coccinelle, qui, toute sa vie, avait été hantée par l'idée de voir ses enfants périr dans les flammes, épousa le chef des sapeurs-pompiers. Ce fut le plus heureux des mariages.

Quant à l'énorme noyau, il allait occuper une place d'honneur au milieu de Central Park et devenir un des monuments les plus visités. Mais ce n'était pas tout. Ce noyau était maintenant une vraie maison. Une célèbre maison où vivait un petit garçon célèbre...

JAMES HENRY TROTTER

Et si, un jour, vous passez par là, vous n'avez qu'à frapper à la porte. On vous fera entrer et vous verrez alors la fameuse chambre où James fit la connaissance de ses amis. Et si vous avez un peu de chance, vous y rencontrerez le vieux grillon des champs, installé dans un fauteuil au coin du feu, ou peut-être la coccinelle, venue prendre le thé et bavarder, ou encore le mille-pattes, venu présenter un lot de bottines flambant neuves.

Tous les jours de la semaine, les enfants accouraient par milliers pour visiter le merveilleux noyau dans le parc. Et James Henry Trotter, qui, autrefois, avait été le plus triste et le plus solitaire des petits garçons, avait maintenant pour amis les enfants de la Terre entière. Mais comme ils le suppliaient sans cesse de leur raconter la fabuleuse aventure que fut son voyage à bord de la pêche géante, il commença à se demander ce que ce serait s'il écrivait son histoire pour en faire un livre.

C'est ce qu'il fit.

Et ce livre, vous venez de le lire.

FIN

Roald Dahl

L'auteur

Roald Dahl, d'origine norvégienne, est né au pays de Galles en 1916. Malgré la mort prématurée de son père et les mauvais souvenirs des pensionnats, il connaît une enfance heureuse et aisée. À dix-sept ans, rêvant d'aventure, il part pour Terre-Neuve, puis devient pilote de chasse dans la Royal Air Force pendant la Seconde Guerre mondiale. Encouragé par l'auteur C. S. Forester, il se met à écrire des nouvelles pour adultes. C'est en 1961 qu'il se lance dans la littérature pour la jeunesse avec *James et la grosse pêche*, imaginé pour ses cinq enfants, à qui il raconte chaque soir une nouvelle histoire. Il connaît son premier grand succès avec *Charlie et la chocolaterie* et, dès lors, ne cessera, jusqu'à sa mort en 1990, de signer des livres qui donnent envie de lire à des millions d'enfants. À ses yeux, le jeune lectorat est le public le plus exigeant. Il a d'ailleurs expliqué : « J'essaie d'écrire des histoires qui les saisissent à la gorge, des histoires qu'on ne peut pas lâcher. Car si un enfant apprend très jeune à aimer les livres, il a un immense avantage dans la vie. » Selon lui, il faut pour cela « avoir préservé deux caractéristiques fondamentales de ses huit ans : la curiosité et l'imagination ». En 2005, la Grande-Bretagne lui a rendu hommage en inaugurant The Roald Dahl Museum et en instaurant une « journée Roald Dahl » le 13 septembre, jour de sa naissance.

Quentin Blake
L'illustrateur

Quentin Blake est né en Angleterre en 1932. Il publie son premier dessin à seize ans dans le célèbre magazine satirique *Punch*. Il deviendra plus tard directeur du département Illustration du prestigieux Royal College of Art à Londres. C'est en 1978 que commence sa complicité avec Roald Dahl. Comme le dit ce dernier : « Ce sont les visages et les silhouettes qu'il a dessinés qui restent dans la mémoire des enfants du monde entier. » Mais Quentin Blake a aussi collaboré avec beaucoup d'autres écrivains célèbres : il a illustré près de trois cents ouvrages, dont ses propres albums (*Clown*, *Zagazou*, *Armeline Fourchedrue*…). Certains de ses livres ont été créés spécialement pour les lecteurs français, tels *Promenade de Quentin Blake au pays de la poésie française* ou *Nous, les oiseaux*, préfacé par Daniel Pennac. Il est l'un des illustrateurs les plus unanimement appréciés au monde, et son trait inimitable est immédiatement reconnu par tous. En Angleterre, la reine l'a élevé au rang de commandeur de l'Ordre de l'Empire britannique pour services rendus à la littérature et, en 1999, il est devenu le premier Children's Laureate, ambassadeur infatigable du livre pour la jeunesse. Il vit et travaille entre Londres et le sud-ouest de la France.

Découvre d'autres livres
de **Roald Dahl**

dans la collection

CHARLIE ET LA CHOCOLATERIE

n° 446

Mr Willy Wonka est le plus incroyable inventeur de friandises de tous les temps. Son usine, la chocolaterie Wonka, est un endroit vraiment magique !

L'extraordinaire histoire de Charlie Bucket commence le jour où il gagne un ticket d'or pour visiter cette mystérieuse chocolaterie. Mais il est loin d'imaginer les folles aventures qui l'attendent…

CHARLIE ET LE GRAND ASCENSEUR DE VERRE

n° 65

Charlie Bucket a hérité de la fabuleuse chocolaterie de Mr Willy Wonka, qu'il survole à bord d'un grand ascenseur de verre. Mais l'appareil est monté trop haut, si haut… qu'il navigue maintenant à travers l'espace.

La suite de *Charlie et la chocolaterie*.

LES DEUX GREDINS

n° 141

Qui a dit que les vieilles personnes sont toujours douces, gentilles et aimables ? Il en est aussi de méchantes, haineuses et sales... La barbe de Compère Gredin est un véritable garde-manger, garnie des miettes de ses monstrueux festins : restes de spaghettis aux vers de terre, bribes de tartes aux oiseaux... Un régal que Commère Gredin lui prépare chaque semaine. Mais voilà qu'une bande de singes acrobates va troubler les préparatifs du plat hebdomadaire...

LA POTION MAGIQUE
DE GEORGES BOUILLON

n° 463

La grand-mère de Georges est une vieille chipie, qui sait, peut-être même une sorcière... Terrorisé, le petit garçon s'enferme dans la cuisine et lui prépare une potion magique de sa composition : une potion qui devrait lui permettre de se débarrasser pour de bon de cette mégère...

LE BON GROS GÉANT

n° 602

Sophie ne rêve pas, cette nuit-là, quand elle aperçoit de la fenêtre de l'orphelinat une silhouette immense vêtue d'une longue cape noire et munie d'une curieuse trompette. Une main énorme s'approche soudain… et la saisit. Sophie est emmenée au pays des géants. Terrifiée, elle se demande de quelle façon elle va être dévorée. Mais la petite fille est tombée entre les mains d'un géant peu ordinaire : le BGG, le Bon Gros Géant, qui se nourrit de légumes et souffle des rêves dans la chambre des enfants…

SACRÉES SORCIÈRES

n° 613

La vérité sur les sorcières ? Elles sont habillées de façon ordinaire, vivent dans des maisons ordinaires. En fait, elles ressemblent à n'importe qui… Ajoutez à cela qu'une sorcière passe son temps à dresser les plans les plus démoniaques pour attirer les enfants dans ses filets, il y a de quoi se méfier…

MATILDA

n° 744

Avant même d'avoir cinq ans, Matilda sait lire et écrire, connaît tout Dickens, a dévoré Kipling et Steinbeck. Pourtant son existence est loin d'être facile entre une mère indifférente, abrutie par la télévision et un père d'une franche malhonnêteté. Sans oublier Mlle Legourdin, la directrice de l'école, personnage redoutable qui voue à tous les enfants une haine implacable.

L'ENFANT QUI PARLAIT AUX ANIMAUX

n° 674

Willy le Jamaïcain est au comble de la fierté : il vient de pêcher une tortue géante. Renversée sur le dos, elle agonise en agitant ses grotesques nageoires… Des touristes contemplent la scène et s'esclaffent. Seule une petite voix indignée s'élève : une petite voix obstinée comme le vrai courage.

Trois nouvelles de Roald Dahl : *L'enfant qui parlait aux animaux*, *L'Auto-Stoppeur* et *Le Trésor de Mildenhall*.

MOI, BOY

n° 393

Roald Dahl évoque son enfance. Une enfance aussi passionnante qu'un roman : « Ce livre n'est pas une autobiographie. L'idée ne me viendrait pas d'écrire pareil ouvrage. Par ailleurs, durant mes jeunes années à l'école, et juste après, ma vie a été émaillée d'incidents que je n'ai jamais oubliés. Certains furent drôles, certains douloureux, certains déplaisants. C'est pour cette raison, je suppose, que je me les rappelle tous de façon si aiguë. »

ESCADRILLE 80

n° 418

C'est en Afrique, au Tanganyika (en Tanzanie actuelle), que Roald Dahl occupe son premier emploi dans une compagnie pétrolière. Un pays où il ne restera pas très longtemps car la guerre éclate en Europe et, pour combattre l'Allemagne d'Hitler, il s'engage dans la Royal Air Force. Commence alors pour lui une période exaltante, fertile en découvertes et en dangers…
Escadrille 80 fait suite à *Moi, Boy* dans lequel l'auteur évoque son enfance.

COUP DE GIGOT
ET AUTRES HISTOIRES À FAIRE PEUR

n° 1181

Qui pourrait croire que derrière cette paisible ménagère, si tendre et si attentionnée avec son mari, se cache une terrible meurtrière ? Et cette logeuse débordante d'amabilité et de gentillesse, comment ne pas lui faire confiance ? Mais attention ! Les apparences sont parfois trompeuses…
Quatre histoires à faire peur, extraites de *Mieux vaut en rire* et *Mauvaises intentions* : *Coup de gigot*, suivi de *Tous les chemins mènent au ciel, La Logeuse, William et Mary*.

TEL EST PRIS QUI CROYAIT PRENDRE

n° 1247

Gagner le gros lot dans un pari truqué, abuser le pauvre paysan en se disant curé ou se nourrir de la volaille du voisin… Pour certains, maîtres dans l'art de jouer des mauvais tours, toutes les ruses sont bonnes, même les plus sournoises. Mais gare ! Il est parfois dangereux de se croire plus malin que les autres. Et le dindon de la farce n'est pas toujours celui qu'on imaginait…

Le papier de cet ouvrage est composé de fibres naturelles, renouvelables,
recyclables et fabriquées à partir de bois provenant
de forêts gérées durablement.

Mise en pages : Maryline Gatepaille

Loi n° 49-956 du 16 juillet 1949
sur les publications destinées à la jeunesse
ISBN : 978-2-07-057699-9
Numéro d'édition : 265015
Premier dépôt légal dans la même collection : octobre 1988
Dépôt légal : janvier 2014

Imprimé en Espagne par Novoprint (Barcelone)